ふなふな船橋

吉本ばなな

朝日文庫

本書は二〇一五年十月、小社より刊行されたものです。

ふなふな船橋

なぜ太陽は輝いているの？
なぜ波は岸辺に打ち寄せているの？
世界が終わりだってことを知らないのかしら
だってもうあなたが私を愛してないから

朝起きて私は惑う
なぜ全てが前と同じようなのか
私にはわからない　どうしてもわからない
どうやってこれまで通りに人生が続けられるのか

（"The End Of The World"より）

投げられたっても蹴られたっても　また立ち上がればいいなっしー♪
誰にも相手にされなくっても　自分の道を進めなっしー♪（ひゃっはー）
どんなに汚れてしまったっても　君さえ笑えばいいなっしー♪
君が悲しんでいる時は　すぐ笑顔にさせるなっしー♪（ひゃっはー）

（『ふな　ふな　ふなっしー♪』より）

「蘭丸は………かわらなければいいと…思う…かわらなければいいと思う」
「ぼくはかわらないよ　きみがきみであるなら　きみの命がおわるまで　ぼくはきみのそばにいる」
「わたしが死ぬまで………？」
「そう　いつか約束しただろう　我々は生涯　新結婚の形式にしたがい　よりそうこと
うれしいときはいっしょによろこび　かなしいときはなぐさめあい　こどものようにいつもはなれず　親のように見まもり　兄のようにみちびき　女友だちのようにおしゃべりもする
世間通例の接吻やベッドシーンはいっさい排除して　つねにおたがいの精神を愛すること」

（大島弓子『F式（フロイト）蘭丸』より）

強烈に、映画の一場面のように、その景色は丸ごと私の中に刻まれていた。

春先の優しい雨が降っていた。

雨の船橋、駅前のビル群が全て灰色にかすんで見えて、私はうっすら淋しい気持ちになっていた。

心細い……私はここでやっていけるのかしら？　この街を好きになれるかしら？

とまだ制服を着ていた十五の私は思った。

そのときのまっさらの気持ちをはっきりと覚えている。

わくわくした気持ちは一切感じられなかった。となりに母がいたからだ。

別れの気配が満ちてくるのを考えないように、母と私はぎゅっと手をつないでいた。

お互いにもたれかかるようにして、やたらにくっついて歩いていた。

その頃の、母の表情はとても美しかった。

あまりきれいなので、何回もこっそり盗み見たくらいだ。

「今のママの姿を目に焼きつけておこう」と思っていた。

まるで恋する相手をじっと見ていたいように、私だけの母である母の最後の時間を悔いなく胸に刻んでおきたかった。

母の瞳は若いときみたいに力をたたえ、透き通る輝くような肌をしていた。これから母には母の道が開けている。そこへ向かっている明るい表情をたたえていた。

私は転校までしばらくの間、学校を休むことになっていた。だから自分で勉強をするために、ふたりで参考書を買いに行った。船橋東武の上にある大きな書店に行って時間をかけてゆっくり選んだ。こっちのほうが詳しく書いてあるとか、設問が多いからいいのかも、などと話し合いながら。

そのときは、まるでこのままずっと母との生活が続くような、そんな雰囲気だった。いつものようにいっしょに家に帰って、TVを見ながらこの問題集を解くのかな、と私まで錯覚しそうだった。

もう母といっしょに住むことはきっと一生ないというのに!

書店のわきにあるカフェに入って、窓に向いた席に並んで座ってお茶を飲んだ。

「ほんとうにいっしょに来ない？　ママは全然かまわないのに。彼も本心からそう言ってくれてる。ほんとうに歓迎してくれているの。妹になる子だって、今どきいないくらいしっかりして優しいいい子だよ。心を決めて私を受け入れてくれた。今から、いっしょに新しい家族を作らない？　再婚はほんとうにしたいことだからするけれども、本心から、ママは花ちゃんと離れたくないし、暮らしたいの。」

　と母は言った。私は首を振って答えた。

「ううん、私、しばらくここで自分の道を歩んでみる。幸せそうだし、喉から手が出るほどほしい生活なのに、なんか違う。なんかがどうしても違うんだ。船橋での暮らしがどうしてもつらくなったら、押しかけていってもいい？」

　母は私の目をまっすぐに見たまま、即座にうなずいた。

ためらいがなくて即座だったことが私をうんと救ってくれた。いざとなれば行く場所がある、だから思いきりやれる。

　窓ガラスの向こう、見おろす雨にかすむ見慣れぬ駅前の世界は、ほんとうのことを言うとまだぜんぜん幼くて、できれば元のように両親といっしょにいたかった私の心細さをつのらせた。

　でも、私の中にある小さな未来の芽はそうは言っていなかった。だから必死で心細さを打ち消した。

　未来の芽の声はとても小さい。

しかし聞かないととてつもなく後悔する、取り返しがつかなくなる。

どうしてだか、今は母と行かないのが正しいと思えたのだ。

どんなにつらくても、今はそうするべきときだと私にはなぜかわかっていた。

母はとなりで涙をふいた。

「大丈夫、会いに行くから、たくさん会いに行く。ママの新しい家族とも仲良くするよ。私、全然それに関して、含むところはないの。」

私は言った。

「花ちゃん、そうだ、ヨーカドーに寄ろう。ママ、花ちゃんに買ってあげたいものがある。」

カフェを出るとすぐに母は言った。

一度外に出て、ふたりでヨーカドーに入った。食器を売っている売り場の奥のレジの脇に、たくさんの種類の梨の妖精のぬいぐるみが売られていた。

梨の形をしていて、いつもにっこりと笑っていて、船橋の花ひまわりを頭につけた、黄色いぬいぐるみ。

日本一有名なその妖精は「ふなっしー」という名前だった。

ドラえもんやサザエさんやキティちゃんやスヌーピーやちびまる子ちゃんや……そん

なふうにこの世にたくさん存在する楽しい仲間たちと同じように子どもたちに大人気の、船橋をいや日本を代表する有名なキャラクターだった。

その瞬間まで、私はふなっしーをなんとも思っていなかった。

「ママはふなっしーが大好きだから、これをママだと思っていっしょにいてくれる？」

母は言って、かなり大きめの梨の妖精寝袋ぬいぐるみをぎゅっと抱きしめた。ふなっしーがなぜかオレンジの寝袋に入っているものだった。

その瞬間のその光景が私の人生を変えた。私は梨の妖精の存在を心から大切に思うようになった。子どもみたいにふなっしーに頰を寄せる母の姿は、私の胸を素直に打ったのだ。

「ママ、私はもう高校生になりそうな年齢なんだよ。ぬいぐるみはいらないって。」

私は笑った。

「違うの、ママが淋しいの。ママが花といっしょにいたいから。」

そう言って、ママはぬいぐるみに頰を押しつけた。

「ふなっしー、どうか、船橋にいる間、私の娘を守ってあげて。そしてこの子が淋しいときはずっといっしょにいてあげて。」

そう言って母はまた泣いた。昔からそんなふうに少女みたいなところがある人だった。

父はそんな母がかわいくてしかたなくて夢中になって懇願して結婚し、そして母のその平凡さに失望して仕事だけになり、家に寄りつかなくなった。

「わかったなっしー。」

私は梨の妖精の口まねをして、そう言った。

「ありがとう。どうかどうか、どんなときにも、必ず、花ちゃんのそばにいてあげてね。」

母はとめどなく涙を流しながら言った。ぬいぐるみを抱きしめて、顔を埋めて肩をふるわせ、おいおい泣いていた。

私は母の背中を黙って撫でていた。温かい背中。私をいつも抱っこしていっしょうけんめい育ててくれた小さな体。手のひらが、その背骨の形を全部知っていた。

冷たい気持ちやうとましさは一切なかった。

でも、できることならこうしてずるずるいっしょにいないで、母と早く離れたかった。ほんとうに悲しくなって、自分の選択を後悔してしまいそうだったからだ。

レジの人たちが「また過激なふなっしーファンがやってきた」と言わんばかりにじっと見ていてとても恥ずかしかったことも、今となってはいい思い出だ。

これまでの私の人生の、いや、もしかしたらこれからもそうかもしれないいちばんの名場面は、二度と帰ってこない美しい瞬間は、それだった。

どんな街にもそれぞれの人々のこんな物語がたくさんひそんでいる。

毎日毎日、人は恐ろしい量の感情を街の中にぶちまけている。それをそっと吸い込んで、咀嚼（そしゃく）して、きれいなものにならして、きらきらと輝きながら街は呼吸している。

「私の船橋」はほんとうの故郷ではない分、何年住んでいてもいつも旅先の匂いがする。海の匂いがむんむんと含まれた風や真っ暗な夜のさびれた商店街の風景。

それでも、この街はふなっしーの本拠地だから、その角を曲がったらばったりと梨の妖精に会えるかもしれない、そんな空想をすると淋しさが消えた。

これからここでやっていく。母もいない、友だちもいない、新しい人生を歩き出した最初の日の思い出。

母が私だけのお母さんだった、最後の日の思い出。

ありがとう、船橋。あんな美しく淡い雨を、ひとときひとときがまるで輝く雫（しずく）のようにきれいに見えた夕方を。そしていちばんきれいだった母を目に焼きつけさせてくれたことを。あの日の駅前の風景は私をそっと迎え入れて包んでくれるみたいに優しかった。なんの変哲もなく、激しさもなく、たくさんの見知らぬ人がただ流れて。でもここに来て住んでいいんだよと小さな声で言っているみたいに。

思い出のその日、母の妹の奈美おばさんが所有している船橋のとあるマンションの一室に越してからずっと、私こと立石花は長い期間にわたって、なぜか何回も何回も同じ夢を見るようになった。

あまりにも続くので、夢の中にもうひとつの生活があるみたいな気さえしていた。

数ケ月に一度しか見ない夢だけれど、いつも同じ内容だった。

あまりにも自然にその夢が私の生活に入ってきたから、同じ夢を見ることをあまり不思議なことと考えなくなった。

その夢を見るととても優しい気持ちで目が覚める。温かいミルクティーを飲んでいるときのような。柔らかい雨に花が濡(ぬ)れているのを見るような、そんな気持ち。

その夢は船橋に越してきてからずっと私のお守りみたいなものだったので、深く考えて失いたくなかった。

その夢の中で私は自分の部屋にいて、いつものようにベッドの上に乗り窓辺に座って本を読んでいる。窓の外からは柔らかい光が入ってきて本の活字を照らす。部屋の中は寒くもなく暑くもないちょうどよい温度だ。マンションの庭の木々の枝がちょうど窓の高さにあるので、顔を上げるとまるで林の中にいるようにいつもけやきやいちょうの葉が窓いっぱいに見える。

たまに読書に疲れてベッドに寝ころぶと、空だけが窓から見える。

横を見ると、いつものように梨の妖精寝袋ぬいぐるみがある。そこまでは現実の私の部屋にいるのとなにも変わることがない。部屋のようすや内装も変わらない。

でもその夢の中ではいつもと大きく違うことがひとつだけあった。

あの日、母と別れてここで暮らすようになってからずいぶんと月日はたち、実際の私はもうすっかり大きく育って船橋にもなじみ、じき二十八歳になる。なのに、十五のときから今にいたるまでその夢の中でだけ、私はいつも小さな女の子だったのだ。

越してきたときにはもう中学生だったから、ここでそんな時代を過ごしたことはないというのに。

見下ろしたひざこぞうが小さくて、手のひらが小さくて、毎回びっくりした。

目の前には私とだいたい同じくらいの年頃の小さい女の子がいる。やはり十歳くらいの女の子だった。

少し色が黒くて、鼻の頭が丸くて、長い髪の毛を後ろでひとつにゆわいている、気の強さをぐっと秘めた目をしている静かな雰囲気の子。

こんな子とけんかしたら強そうでこわそうだな、と思うけれど、その子はいつも私にとても優しい。

私たちは同じ部屋でそれぞれが違うことをしている。

私は本を読んでいて、その子はいつでもいっしょうけんめい、眉間（みけん）にしわを寄せて色鉛筆で絵を描いていた。それはいつも同じ絵だった。いろいろな淡い色が使われたきれいな色合いも変わらない。

その絵には古い一軒家が描かれている。

瓦屋根のある平家で、大きなステンドグラスの窓がひとつだけある。家の前の庭に大きな桐（きり）の木が植わっている。絵の中のその木はのびのびと枝を広げて家を覆うくらいに大きく見えた。手のひらみたいな葉がていねいに描き込まれている。

どうしてそれが桐だとわかるのかというと、子どもらしい丸い字で木の絵の下に「きりさん」と書いてあるからだった。一文字ずつ違う虹のような色で。

私はいつもその字をていねいに読みあげる。

きりさん、と幼い頃の私の声が夢の中の部屋に響く。

そのときの私の気持ちの優しさは、日常であまり持つことのないくらいにおおらかなものだった。子守唄を歌うように、愛する人の名前を呼ぶように、私は彼女のためにその木の名前を声に出す。

この子はいい子だ、私はこの子が大好き。話さなくてもわかりあえる、そういう気持ちがこみあげてきて少し泣きそうになる。

この大きな木、桐なの？

すると、女の子は顔を上げて、初めてにっこりと笑って、強くうなずく。

「葉っぱが大きくて、木のふしがまるで目みたいで、いつも私を見ていてくれる感じがするの。」

私は彼女に向かって微笑(ほほえ)む。

するとなぜか私の頭の中には、ほんもののその家と桐の木が浮かんでくる。映像が流れるようにはっきりと。この子はここに住んでいるんだ、そう思う。

「いいね、お庭に木があるって。」

私は言う。彼女はうなずく。

そしてふたりは幸せな雰囲気で、私の部屋の中にいる。

ずっといっしょに遊んでいたいとふたりとも思っている。夢の中の設定では私たちはこの世のだれよりもわかりあった、仲のいい友だちなのだ。どこまでもいっしょにいられるし、しっかりと結び合っている。そのことは言葉に出さなくても伝わり合っていた。

そして絵の中の木の陰には梨の妖精が立っている。絵を見たらその黄色と青と笑顔の感じですぐわかった。

「ふなっしーが好きなの？　私も大好き。ママにぬいぐるみもらったときから、いつのまにかなくてはならないくらい大好きになってしまった。」

私は笑う。

「うん、だってふなっしーはいつだって私といっしょにいてくれるんだもん。ほんとうだよ。ほんとうにそばにいるようなの。今のなにもあてにならない時代にこんなに裏切らないものはなかなかないよ。それに今やこの街のどこに行っても、写真やポスターで姿を見かけるでしょ。だから安心する。私はこの子のおかげでずっと幸せでいられた。ふなっしーがTVに出ているときは、いつも大笑いして、私もがんばろうって思えて、どんなときでもいやなことを忘れることができた。ふなっしーのことを悪く言う人がいても、いつも私の心はただまっすぐに、涙が出るほど感動していたの。」

そう言って彼女は微笑む。

絵のはじっこに「はなこ」と書いてあるから、これがこの子の名前だと私は思う。花と花子、私とよく似た名前だね、と呼びかけようかな、と思うと、ぱっと目が覚めてしまう。

細部は少しずつ違うけれど、毎回夢は同じだった。いつか必ず名前を呼ぼう、花子ちゃん、名前が似ているね、私は花っていうの、さあ、そう言わなくちゃ、と思った気持ちだけが宙に浮いて目覚めた後の空間に淡く残る。

目が覚めると、胸のあたりが光るように温かい。

とても優しくされた感触と、ほんとうに心の通じるだれかと会ってなにかをわかちあった頼もしい気持ちと、そして梨の妖精の明るい笑顔が心に残っている。

私はそれだけで、気をぬくと襲ってきそうだった自分の悲しみや後悔の気持ちをすっかり忘れることができた。

彼女もまた私にとっての妖精だったのだ。

なんで人間には太古の昔から妖精が必要だったのか、大人になった私にはわかる気がする。大人たちがどんなにばかにして笑っても、子どもにはどうにもならなくて決して言葉では説明できない孤独な夜があり、いつでもいっしょにいてくれて自分を励ましてくれるなにかがどうしても必要なのだ。

人によるし、年代にもよるだろう。Qちゃんだって、ドラえもんだって、しんちゃんだって、キティちゃんだって、アンパンマンだって、ウルトラマンだって、仮面ライダ

―だって、ルフィだっていい。いつだってたくさんいた、それぞれにフィットしてそれぞれのために固有の忘れがたい思い出を作ってくれた、そういう存在が。あなたたちが超人的にがんばっているから、私もこのつらい浮き世をがんばれるんだよという人間ではない存在が。

それはもはやパンクやロックのように、この世の枠から、人間界のしがらみから自由に、永遠に子どもの勢いを表現している想像上の生きものたち。常に子どもの心に寄り添って大人のつごうを一切かいしない存在。

大人の中にも小さな子どもが必ず住んでいるからこの世には彼らが必要なのだ。ほんとうになにもかも投げ出してなにかに甘えたくなったとき、そういう存在はなんにもしてくれやしないけれど、ただそこにいてにっこり笑ってくれる。それで充分だ。

たとえ心は地獄の底にいても、そんなひどいところにまでも彼らはいっしょに来て勇気を与えてくれる。

人はだれかになにかを全部してほしいわけではない。甘えきって、任せたいだけじゃない。ただ自分でゆっくりと立ち直っていくあいだ、その魂に確かに善良なものを、希望を、愛情を感じられる存在に、そっといっしょにいてほしいだけ。

だれにでも、どうしてもひとりでいたいときがある。同族の全てに疲れ果てて、小さい子どもみたいに膝を抱えるときがある。そんなときふっと下を見ると、妖精はきっとにっこり笑って見上げていてくれるだろう。だからみんななんとかつらい夜をやりすごしてきたのだ。

人の心の中に妖精はほんとうに生きている。

私が小さいときから本を好きなのも、本の中の人たちはどんなときでもいっしょにいてくれるからだった。妖精と同じように、実際には見えないけれど確かに生きている、そんな魔法の友だちたちを持たなかったら、私はとてもこの人生を歩んでいけない。

存在だけでいいのだ、人を百倍も千倍も強くしてくれるなら。

そして、その存在は人の潜在的な力を思わぬ形で引き出してくれる。

その力の元に生まれる物語はすでに夢ではない。確かにそれぞれの現実の物語になっていくのだ。

春になると、いつもおしりが落ちつかないような、背中がすっと寒いような、心もとない気持ちになる。

家族がばらばらになったのも、母と別れて船橋に越してきたのも春先だったから。

私の母が亡くなったのも春だ。

母は再婚して、新しいだんなさんとその連れ子の女の子と暮らしていた。私たちは良好な関係のまま年月を重ねた。私が高校生くらいのときはさすがに足が遠のいたりして少しぎくしゃくしたが、歳を重ねるほどに、まるで単に独立して実家を離れた長女だったかのような関係になっていった。

私は晩ご飯にしょっちゅう呼ばれ、義理の妹は私をお姉ちゃんと呼び、泊めてもらっては一晩中おしゃべりしたり、メールを書いたり、Wデートしたり、母のがんこな部分への対処法をほんとうの姉妹みたいに話し合ったりしていた。

そんなふうになんとなく拡大家族の雰囲気を持ちながら、行き来してずっと仲良く暮らしていくんだろうと私は思っていた。

しかし母は三年前、脳腫瘍が原因であっさり亡くなってしまった。わかったときには手遅れで、ほんとうにあっという間にいなくなってしまったのでびっくりした。

お見舞いに行けたのはたった四回だった。

最後の一回、意識がない母の寝ているふとんに顔を埋めて、その温かい体をなでながら、この世に私を生んでくれたこと、あのとき私をちゃんと手放してくれたこと、手放してても愛していてくれたことにお礼を言った。あまりにも急で夢の中のことのようだったから涙は出ず、お葬式でも泣けなかった。私の涙は行き場がなくなったままだったけれど、母にはみんな聞こえていたと信じている。

梨の妖精の寝袋ぬいぐるみはほんとうに母の形見になってしまった。

それから後も母にはたくさんのものを買ってもらったし、腕時計とかもっと高価なものだってもちろんあるけれど、あれ以上に思い出深いものはなかった。

ぬいぐるみについていたラベルまでまだ取ってある。寝ころんだ梨の妖精が夜空を見上げている絵といっしょに「流れ星なっしー！」と書いてある。

だから、眠るとき窓辺でそのぬいぐるみと並んで寝ころび、窓の外の星を見上げて流れ星を探すたびに母を思う。

私はまだ心の中のどこかで、母はあの街で暮らしているんだ、いつだって会える、死んだなんてうそだ、と思っている。そう思わないとやりきれないくらい急だったから、まだ母の不在が信じられない。

今夜もお母さんとふなっしーといっしょに流れ星を探そう、そうつぶやいて眠るときもある。

きらきらした流れ星がしゅっと流れるようすを描くと、心が休まった。

そんなことをふと思い返していたら玄関のドアが開いて、奈美おばさんが仕事から帰ってきた。

私たちが住んでいるのは海老川沿いの、バブルの時代に建てられたマンションの3LDKの一室だ。

私の帰り道はいつも、京成の駅前からにぎやかな仲通りを抜け、海老川に沿って歩いてくる道だ。川の匂いがする、緑の多いその道が大好きだった。

私たちの部屋はそろそろ水回りなどにがたが来はじめていたが、そうじ好きのしかも男みたいにシンプルなインテリアを好む女が二人で住んでいるので汚れようがなく、内装はまだぴかぴかのままだった。システムキッチンもドイツ製で頑丈、まだまだ住めそうながっちりした造りだった。

奈美おばさんは、私の父が経営に関わっていた大手レストランチェーンの、現社長の第二秘書をしている。年齢が高くなってきたので第一秘書のサポートをするその仕事にしりぞいていたが、昔は第一秘書だった。

すらりと細く背が高く、胸はかなり大きく、おもざしからは知的な雰囲気が漂い、少し古い型のスーツがよく似合う……そんな謎めいた美女なのに四十すぎになってまだ結婚していないし、定期的に外泊するのにだれとつきあっているのかを私にさえ明かさないし、会社の人とのつきあいもほとんどないのは、政治家とか、どこかの会社の会長（自社でないことだけは私にもなんとなくわかっている。奈美おばさんは公私混同をするタイプではなさそうなのだ）とか、芸能人とか、そういう人の彼女だからなのではないか？　と私は勝手に推測しているけれど、そのことについて一度も話し合ったことはない。

そこはそっとしておいてほしいという感じが奈美おばさんのようすからはひしひしと伝わってきていたからだ。

私は部屋を軽くそうじして、毎日いちおうごはんを炊いて、おかずかお味噌汁を一品くらい作っておく。それは十五のときから変わらないお手伝いで、いつも忙しい奈美おばさんのために私ができることはそのくらいしかない。最近は少し奈美おばさんの忙しさも和らいできたけれど、来た当初はほとんど鍵っ子みたいな感じだったし、力つきて化粧も落とさずにスーツとストッキングだけ脱いでソファで寝てしまっている奈美おばさんに毛布をかけるのも私のだいじな仕事だった。

奈美おばさんが買いおいている飲み物や食べ物を無断で口にしない、もし使わざるをえないときはすぐに買い足しておくとか、リビングに私物を置かない、勝手に奈美おばさんの部屋に入らない……大したルールではないけれど、いくつかを私は越してきたときからかたくなに守っている。世話になっている立場であって家族ではない、そういうスタイルを取っている。

「花、ごはんどうする？　私は食べてきちゃったけど。」

奈美おばさんは言った。

「さっきてきとうに作って食べたから大丈夫。よかったら朝、お味噌汁どうぞ。」

私は言った。

私たちの会話はいつもそんなふうにそっけなくいいかげんで、部屋も別々だし生活も全く別のクールな関係だったけれど、奈美おばさんのことは尊敬しているし、大好きだった。

大人になった私は、彼女のそっけなさの裏にある人としての温かさをますます理解できるようになった。

小さい頃からそれはうっすらと感じていた。こういううそをつかない人が引き受けるといったのなら、それは全身を預けていいことだと。

その勘は当たっていた。

たまの休日を風邪をひいた私の看病に惜しみなくあててくれたり、制服や靴のサイズが合ってないときは何回もデパートにいっしょに行ってくれたり、睡眠を削ってでも必要なことはいやな顔ひとつせずに行い、常に守ってくれた。

当時、下手に優しく包まれたりしたらきっと私は頭がおかしくなってしまっただろうと思う。

大人になった今、あらためて奈美おばさんのわかりにくい思いやりがほんとうにわかってきたからこそ、私は奈美おばさんに頭があがらない。

私の家族がどうして解散に至ったか。

まずふたつのレストランチェーンと小さな貿易会社を営んでいた私の父の借金がかさんで夜逃げすることになった。

父は母と離婚して被害が及ばないようにはからい、私にもちゃんと挨拶(あいさつ)をして地方の友人の元に去っていった。

そこまで借金をこさえたことはともかくとして、潔いふるまいだったと思う。

そのうち連絡をするとも言い残していったけれど、未(いま)だに連絡はない。しかし、頭が良く根性のある人だったから、なんらかの形できちんと人生の問題を清算しただろうと思っている。

当時住んでいた三宿（みしゅく）の大きな家はすぐに差し押さえられるというので、母と私は荷物をまとめて夜中に家を出た。

まず私は奈美おばさんの家に避難し、母は父とちゃんと籍を抜くまではしばらくは国内のあちこちを転々としていたので、母にさえ会わない期間が少しだけあった。

そしてそれからしばらくしてものごとが落ち着いたとき、母は再婚したいと言い出した。

もうずっと前から父とはうまくいかなくなっていて、長いつきあいの恋人がいるのだと打ち明けられた。全くなにも知らなかった私はもちろんびっくりしたし、おさまりがつかなくて一応ぷんぷん怒ってみせたけれど、その前にすでにいろいろなびっくりを経験していたから、内心は意外に落ち着いていた。

もちろんその人にはすぐに会わせてもらった。母は嬉（うれ）しそうだったけれど、私の心はどんどん冷静になっていった。そうか、そうだったのか……その頃よくわからないけれどなんとなく感じ取っていた家族崩壊への道のりがはっきりとわかったからだ。

母の伴侶は父とは正反対のとてもまじめそうな人だった。食品の研究所で長くまじめに働いているという、世慣れていない、誠実そうな良い人だった。彼と母は、彼の属している企業が主催する目が見えない子たちのための読み聞かせのボランティアで知りあったという。母も本が大好きだったから、保育園やそういう場所での朗読に生涯関わっていた。

彼は先妻に先立たれ、後に私が妹と呼ぶようになる幼い女の子をひとり育てていた。その人があまりにも父と正反対の人だったので、本来は地味な母がいかに父との派手で山っ気の多い生活に疲れ果てていたかわかったような気がして、少し気の毒になった。だから「幸せになってほしい」と素直に思った。

かといって、焼きもちを焼いたわけでもいじけたわけでもなく、冒頭で告げたように、そのとき私はすんなりと母と行く気にどうしてもなれなかった。

母と少し離れていた時期に、奈美おばさんとの生活のペースがまるでそこがそもそも私の居場所になるべきだったかのようにできてしまっていたので、どうしてもそのまじめそうな新しいお父さんと小さな妹と、ひとつの家の中で温かく暮らす自分のほのぼのした姿が見えなかった。

私は、私の中に生まれた黒い気持ちに忠実になりたかった。

「なんだよ、みんな。そんなの知ったこっちゃないよ。それなら私も好きにやらせてもらう。私は私の道をひとりで開いてみせる。家庭の状態に巻き込まれず、自分の人生を生きてやる」

それが、運命の急変に対して、中学生の私にたったひとつ残された意地だった。

私はその頃からずっと、本に関わる仕事がしたかった。図書館の司書、書店の店長、文芸評論家……もう、なんでもいいくらいにとにかく本が好きだった。一刻も早く自分の道を歩き出したかった。だから、奈美おばさんと暮らし続けることを選んだ。

奈美おばさんは私が勉強や人づきあいそっちのけでいくら本を読んでいても、決して怒らなかった。本に関わる仕事がしたいから基本の勉強は最低限でいい、その分本にまつわることに時間を割きたい、と話したら、奈美おばさんはすぐに理解してくれた。奈美おばさんと暮らしていて、そのことでいやな思いをしたことがなかった。母は万が一希望の道に進めなかったときのためにまんべんない知識を身につけたほうがいいと思うタイプだったので、偏りをあまり好まなかったから、私にとって奈美おばさんのあり方は理想的だった。

つらつらと説明すると私は家庭に恵まれなかったかわいそうな子みたいなんだけれど、父の会社が倒産したこと以外は全てが順を追っていたし、前の家には戻ろうにも戻れないしとやむをえないことが多かったから、考え込んでいるひまはなく、全てが淡々とさっぱり進んだ。愛されて育ったことには変わりなかったのと、自分で選んだことなので意外に淋しくなかったのだ。

これも全て、あまりにも今の生活が快適だから思えることなんだと思う。

私の意地が人よりも強烈だったことも含めて、とても珍しい例なんだということはよくわかっている。慢心はしていないつもりだった。
母がいなくなった今となってはますますそう思う。あのとき家族は解散して、それぞれの道が開けて、母はそこで人生を幸せに全うしたのだからいいんだ、と思えるようになったことは、奇跡に近いことだ。
父は決して私と母を借金問題の巻き添えにしなかったし、母はいつも私を気にかけてくれたし、もし私が奈美おばさんとうまくいかなくなるようなことがあれば、どんなにそれが無理な時期であってもきっとあの新しい家族の家に私を迎えてくれただろう。中学生の私はなんだかんだ言っても何重にも守られていた。それを心から冷静に判断でき、信じられるからこそ、私は不幸ではなかった。

なにも知らず幼少時代を送っていた私は皮がひとつひとつむけるように現実に向き合っているうちに、どんどん大人になっていった。

しかし、それだけしっかり腑(ふ)におちていても、私の中にはどうしても消せない子どものままの部分があり、その私はまだどこかで驚いている。
「なにがなんでも家族でいっしょにいよう、お母さんとお父さんは別れないし、とにかくいっしょにいよう、どんなにたいへんでも」と両親が言ってくれたら、そして家族三人でずっと暮らせていたらどんなに嬉しかっただろう、とどこかでほんの小さくだけれど、思っている気がする。

それは置いてきてしまった子どもの私の気持ちなんだろう。

私はそんなに感傷的なところを持つ人間ではないし現実的だけれど、内側にいる子どもの私は、あのときで時間を止めてしまっている。両親が私と絶対離れたくなくて涙を流す光景を想像するとほんの少しだけ甘い感じがした。その気持ちだけは大人になっても消えることはなかった。その光景はまるで実際にあったことみたいに、小さい頃の無邪気だった生活を全部閉じ込めた一粒のダイヤモンドみたいにきらっと光り、私の胸の奥にいつまでも優しくひそんでいる。

奈美おばさんは亡くなった私の祖父母からの遺産をちゃんと母と私に分けた。母はそれを拒んだが、奈美おばさんは断固としてゆずらなかった。

私の分を学費や生活費に当ててください、と言ったのだが、奈美おばさんは「自分の分は働いてちゃんと確保できているから大丈夫」と全部私の名義で貯金したままでいる。今どきこんな人はなかなかいないと思い、私はますます彼女を尊敬している。

はじめこの家に来たとき、私は納戸でいいと言って、自分の少ない荷物を三畳半の小さな明かり取りの窓がひとつしかない納戸に入れておいた。

しかし実際に越してきた日、いちばん陽(ひ)あたりのいい部屋に私の荷物は移されていた。納戸の戸を開けたら別のものがぎっしり入っていて、ぽかんとしていた私を手招きして、奈美おばさんは、なにも言わずに今の私の部屋のドアを開けた。

窓辺に置かれたベッドの上のふかふかのふとんに、きらきらした朝の光が当たっているのを見て、私は思わず涙した。

奈美おばさんはなにも言わなかった。ただ、ここがこれからあなたの部屋、あまりちゃんと世話もできないし、仕事が忙しくてお弁当も作れないし、授業参観や運動会とかあんまり見に行けないけど、ごめんね。そのかわりにほんとうにここはあなたの家だから、気をつかわないで気持ちよく過ごしてね、と言っただけだ。

私はそのとき、泣きそうなのをごまかすためにぶんぶんと首を振って、

「とんでもない、私こそがいろいろ手伝います。」

と言った。

奈美おばさんの仕事は常に忙しかったから、確かに私のために日常の世話を細かく焼いたりしてはくれなかったけれど、孤独を感じたことはなかった。今でも私は彼女の落

ち着いた瞳の色を見るたびに、存在を丸ごと受け入れられているといつも感じられる。

これほどの幸運があるだろうか、と私はよく思う。

本来ならどうなってもおかしくはなかったこの人生が平穏に進んできたことのすごさを思うと、まるで自分が冒険映画の主人公のように思えてきて、興奮して眠れなくなってしまうほどだ。

そう、私は幼い頃から本が大好きだった。

本ならどんなものでもいいというくらいの活字中毒ぶりで、今まで住んできた部屋はいつも本でいっぱいだからいつでも整理ばっかりしている。

どんな時期にも書店でアルバイトしていたほど書店が好きだったし、電子書籍が登場していちはやくいろいろな形で取り入れてはみたものの、紙の本に対するこだわりがあった。ずっとそう思い続けて大手の書店で働いてきた。二年前にアパレル会社と広告代理店が出資し、私の働いていた書店と共同で経営する本のセレクトショップの一号店を作ることになり、私は今そこの店長になった。

予算が削減されたらいつなくなってもおかしくはない部署だったから他の人たちは異動を躊躇(ちゅうちょ)していたが、私は強く志願し夢中で働いて、前の店長が退職したときから店長として働き、今のところ奇跡の黒字を保っている。

働きはじめてからは、奈美おばさんに毎月お金を入れることができるようになった。もちろん大したお給料をもらっていないので少額なのだが、そこには大きな意味があると思う。

そうやってしたいことができるようになったら、私の中にいたかもしれないかわいそうな子どもは、少しずつ小さくなっていった。なにかがあればたまった涙をぶわっと吸って急に大きくなるかもしれないけれど、ふだんは減っていっている。

船橋に越してきたばかりのときはあまりの環境の変化にびっくりして、外に出かける気持ちもほとんどおきなかった。

やることがないから寝すぎてほっぺたが枕の形にへこんだままになっていたことや、両親がいたときみたいに借金取りが来るのがまだこわくて気配を消すくせが残っていて、家の中にじっといすぎて、ひじの内側にかびがはえたことも覚えている。そのときはなんとも思っていなかったし、もちろん自分をかわいそうとも思っていなかった。

私はその、環境の急変によるトラウマを生活しながらいつのまにか超えていった。本と梨の妖精が常に私のかたわらにあり、それらが私の心にとっての「家」だった。

淋しさを感じる夜中でも、ドアの向こうには奈美おばさんが健やかな寝息を立てて寝ているのがわかっていたし、朝五時になれば奈美おばさんはきっちりと起きて、すばらしい生活の物音を立てはじめる。

珈琲（コーヒー）を淹（い）れる音、身支度の足音、優しい水音。

その安定感と心の家が私を支えた。

あまり重くとらえなければ、そしてなんとなくでも前を向いていれば、その上で今を見つめていれば、いろんなことが勝手に、そして自然に変わっていくことをだれに教わったわけでもなく私は体で知っていた。

他の親戚たちは、両親がいなくなった私には一切関わろうとしなかった。

全く憎たらしいことだった。父の羽振りがよいときはさんざんお金を借りたり、すりよってきたくせに、私がひとりになったら急にしーんとなったのを、幼い私は冷静にじっくりと見つめていた。

今は父方の親戚と一切縁が切れた状態にある。奈美おばさんが私を引き取ることに反対した母方の親戚とも、それを押し切って私を奈美おばさんが引き取って以来、ほとんど交流がない。

それもまたさっぱりしたものだった。奈美おばさんは、私もわずらわしいことが嫌いだから、あなたのおかげで私もはずれものとして過ごせてよかったのよ、とよく言う。

彼女だけは、どんな状況でも私の手を決して離さなかった。

この恩をどう返していいのかまだ若い私にはよくわからない。返そうという気持ちだけは持っているし、先ほど言ったように自分なりに規律をもうけて、甘えないように線をひいてはいる。

奈美おばさんの人生の流れを決して壊さないように。

もしかしたらもうとっくに壊しているのかもしれないけれど、とたまに不安になりながらも。

「明日は外泊しますね。俊介さんのところに泊まります。土曜だからマンションの会合があるかもしれないけど、欠席届けは出してあります。もしなにかあったらメールを。」

私は奈美おばさんに声をかけた。

「ああ、あの、病気持ちのだめんずくん。」

奈美おばさんは顔一面にパックをしながらそっけなく答えた。

「失礼な！」

私は言った。奈美おばさんはふふふと笑った。

「だって、あの人、おぼっちゃますぎるからとてもプライドが高そうで、見るからに保守的な感じだし、お顔もきれいすぎるし、私は、正直言ってあまり好きになれそうにないの。」

「私にはそんな人物には決して見えないからつきあっているんですけれど……一見そう見えるところは彼の生き抜いてきた力強さだから。だいたい、よく人の彼氏にそこまで言えるね、おばさん。もはや、私までいっしょに笑い出したいみたいな気分よ。」

私は言った。

おばさんはそんな言葉には全然動じないで、ストッキングを脱ぎながら言った。

「うちから花がいなくなったら、私の静かで幸せな暮らしがただの淋しい暮らしになっちゃうから、よほど幸せになりそうならともかく、苦労しそうなところに嫁にいかれたらいやだなと思ってる。だからあの彼に関してはなるべくねちねちと反対し続けるんだ。条件がいいところがまた気に食わなくってね。だって、私、花と暮らせることを毎日神様に感謝しているくらい、ずっと幸せなんだもの。」

「ふんだ、絶対結婚して出ていってやる。玉の輿に乗ってやる。」

そんなふうに憎まれ口をきいてはいても、奈美おばさんの優しい言葉に私は弱かった。

必要とされていると思うと、嬉しくて出ていきにくい。また、出ていきたくてしかたがないということもない。でも、俊介さんに結婚を申し込まれたら受けるしかないだろうと思っていた。そのときは書店も辞めざるをえない。そう思って、毎日今日限りの気持ちで心をこめて仕事をしていた。大好きな本だけに囲まれていることに、いっそううっとりしながら。たまに本棚を眺めていると涙が出た。

今日限りかもしれない、今月限りかもしれない。いつか必ずさよならが来る、父や母と、故郷の町と別れたように。そう思うと、私を囲む店の本棚たちが限りなく愛（いと）おしく思えてきて、そこにいられる喜びは必ず疲れを上回る。そろそろさようなら、自由な日々よ。本に埋もれて窒息死してもいいくらい、本ばかりと過ごした若き日々よ。どこに行っても本に支えられて暮らすけれど、果たして新居に自分の部屋はあるんだろうか、まあ、私はあんまりこだわりがないのがとりえだからなんとでもなるさ、梨の妖精と本を抱えて、体ひとつで新生活に飛び込める自信はある。

心からそう思っていた。

私は、自分が淋しい時代を少し経験しているからか、やたらに体が丈夫だからか、面倒を見なくてはいけないような人をすぐ好きになってしまうところがあった。

高校生のときなど面倒を見たい気持ちがこうじすぎて、家出してきて家がないダンサーのおじさんと本気でつきあっていた。あのときの私はどうかしていたと思う。毎日お弁当を作って、この人は私がいないと死ぬと思ってよく彼が野宿していた神社の軒下や彼の友だちだったお金のない学生のアパートの部屋に通い詰めていた。そしてある日彼は消えていた。どこに行ったかはわからない。

これ以上彼といたら、私がだめになると思ってのことだというのは、置き手紙でわかった。

なんでもいいから、面と向かって別れを告げてくれないとあきらめきれないよ、と思って、曇った朝の空を見上げながら、涙が止まらなかったことを生々しく覚えている。

そのずいぶん後に訪れた俊介さんとの恋愛はもう二年も続いていた。人生二度目の恋愛で結婚するのはちょうどいいな、そろそろほんものの大人の人生に移行するのだ、と私はのんきにかまえていた。

このまま行ったら結婚の話が出るだろうと思っていたし、彼もそういう話を自然によくしていた。

彼は東京の大学を卒業してから、船橋の親戚の持ちマンションに住んで一室を事務所にして在庫を管理しながら、実家が長野で営んでいる高級なおそば屋さんのインターネット支店の店長として働いていた。

経営者になるための修業みたいなものだった。

彼は生まれつき体が虚弱で、幼い頃ひどい肺炎から胸膜炎になりその後遺症が残っていた。だからなにをしてもすぐ息があがってしまう。思いきり走ったり泳いだりしたことがない人生の人だ。でもそっと暮らして定期的に検査を受けている分には問題ないから、心配はしていなかった。

健康状態さえ問題なければ、長野に帰って本店の経営陣に加わるのもそう遠くなかろうと思われた。そうなったら、彼は多分結婚を具体的に考えるだろう。もちろん彼にとって結婚したい候補のトップにあるところの私は、何回も長野に遊びに行き、彼のご実家であるよく手入れされた大きな古民家のおそば屋さんにおじゃまし、ご両親にも紹介された。あまりにも短い時間だったのでほんとうにはどういう人たちかよくわからなかったが、変わった家庭環境の私を偏見なく受け入れてくれそうな、優しく品のよい人たちだった。気さくな感じとは言いがたいが、キャパシティが広く、いろいろな可能性をきちんとふまえて判断する力のある人たち。なんとかやっていけそうだと私は思っていた。

私たちの恋愛は、駅でひったくりを追いかけて追いつめた私に彼がひとめぼれをしたことから始まった。

あの汚い姿を好きになってくれるなら、どんな姿でも愛してくれるかなと私は思って、彼の好意を素直に受け入れた。

そのときの私は、ほんとうにひどいありさまだったはずだ。

持っていたバッグをひったくられて「待て！」と言いながら猛スピードで駅の階段を上って賊を追いかけ、パンツ丸出しで改札を跳んで乗り越え「だれか捕まえて！」と叫びながら結局自分が追いついてタックルしてバッグを取り戻したのだから。

駅員さんが後からばらばらと走ってきて、私は汗だくで吐きそうなくらい激しい呼吸をしながら、ホームにべったりと座り込んでいた。

彼はそんなたくましい私を好きになってしまったらしい。

体が弱いというのに、私にもう一度会いたいと駅で張って、後をつけて家をつきとめたという。

「それじゃあ、一度ちゃんとお話をしてみませんか？」

私はマンションの入り口の前で話しかけてきた俊介さんにそう言った。

彼はほんとうに嬉しそうに笑った。その笑顔があまりにもまぶしいものを見ているようだったので、私は自分がよきものに思えた。

「君がどこまでも、どこまでも賊を追いかけていく姿が、弱気になっていた自分の胸を強く打ったんです。」

俊介さんはいっしょに行った東武のアフタヌーンティーで緊張のあまりにかいていた汗をふきながら言った。彼の家は海に近い高級マンションの一室だったが、まさかいきなり部屋に行くわけにもいかず、外でお茶を飲んだ。

「そんな、ただ悔しかっただけです。」

私は照れた。そして続けた。

「ああ、もしかして、あの感じですか？　もう負けそうなゆるキャラリレーで、ふなっしーが前の走者を奇跡的な速さでどんどん追い上げていったときみたいな。あれを見て、私は涙が出たんです。」

「梨の妖精が好きなんだね。」

俊介さんは笑った。

「船橋市民ですから。」

私も笑った。

「でも、その気持ちに似ているのかもしれない。僕の心の中の変なこだわりや、いつのまにか固くなっていた部分が、君のどんどん走っていくためらいのない後ろ姿を見ていたらみるみる晴れていった。まさか自分がひとめぼれをするなんて、思わなかった。あの走りはそりゃあもう、すごくかっこよくてきれいなものだったよ。」

それから俊介さんは、体が弱かった過去の話をしてくれた。そして、精神力はだれよりも強く持っているつもりだから、もしも君に弱いところがあったら、代わりに強くなれると思う、と言った。

その言い方が自信満々でもなく、淡々としていて自然なのにとても好感を持った。全身から育ちの良さがにじみでているのに、どこか翳(かげ)があり、なにがあっても負けないような根性も感じられる彼に、私はひきつけられていった。

静かなものが好きなんだと私が言うと、ふなっしーはうるさいじゃない、と彼は大笑いした。

でも私が、

「ふなっしーは、うるさいようでも内側はいつも落ち着いていて冷静だから、その部分を見ているとほんとうに落ち着くんです。」

と言ったら、彼は心からうなずいてくれた。

私はそんな彼を好きになって、彼と会える日が私の心の希望になった。彼が店に来てくれると店がぱっと明るく見えた。いっしょに食事して帰る道はいつもお花畑のように見えた。彼に好かれたことで、負の要素が全部逆転したみたいな、世界の全てが私に優しくしてくれているような気がした。

暗がりが多かった私の人生の中で、彼はいつだって太陽だった。静かで、自分の考えを持っていて、知的で、現実に強く、経済的に豊かで、持ち物や家具調度品の趣味がよく、私と本の趣味もそうとうかぶっている彼……神様ががむしゃらに生きてきた私にごほうびをくれたんだと、私はいつも思っていた。

いつものデートをするはずだったその土曜日、俊介さんはいつものようにぴしっとアイロンがかかったシャツを着て、いつもの待ち合わせ場所であるＦＡＣＥビルの中にある椿屋カフェに座っていた。

店に入った私は彼の表情の違いに全然気づかなかった。そういう意味では私も彼に関心がなくなっていたのかもしれない。いてあたりまえ、会えて当然、そうなっていたのだと思う。

そして、皮肉なことに彼はきっちりと私にさよならを言ってくれた最初の恋人になった。

初恋の彼が姿を消した日に「別れてもいい、旅立つのもいい、でも、せめて次回はちゃんとさよならを言ってくれる人とつきあいたい」と天に祈ったのがしっかりと叶ってしまった。俊介さんが自分にぞっこんだったことからはじまったから、こんなことが起きるなんてみじんも思っていなかった私がばかだったと思う。

「ごめん、今日は花をうちに泊められなくなったんだ。」

俊介さんは私がうきうきとしながらアイスコーヒーを頼むやいなや、そう言った。

「急ね。お母さまが出てらしたの？」

私はにこにこして言った。

「実は、好きな人ができたんだ。」

落ち着いた声で、俊介さんはそう言った。

私の笑顔は固まってしまった。ただ目をまん丸にして、黙っていた。

俊介さんは続けた。彼の目の前の珈琲は口をつけないまま冷めていた。私はそれをぼんやりと見ていた。入り口近くのスペースの他の席には人がいなかった。よかった、と私は思った。きれいな制服のウェイトレスさんたちが行き交うのを夢みたいにぼんやりと見ていた。アイスコーヒーが運ばれてきたから一口飲んだが、全く味がしなかった。

おかしいな、と思ってガムシロップをみんな入れて、ミルクも入れたけれど、味はやはりしなかった。

だから、グラスを置いて、俊介さんをまっすぐに見た。

俊介さんは言った。

「もう、つきあいはじめている。だからもううちに来てもらうわけにはいかないんだ。」

「もしかしたら、それって……早川さんですか？」

反射的に私は答えた。

頭の中では大好きな森茉莉の「日曜日には僕は行かない」という小説のタイトルがチカチカと浮かんでは消えていた。昔からなんていい言い回しだろうと思っていたそのタイトルなのだが、俊介さんの口から出てくる言葉は全てがその言葉の感じ、あの小説の感じにとてもよく似た感触を持っていたのだ。

「……なんでわかった？」

少しの沈黙の後、目を丸くして俊介さんはすっとそう言った。

そんなときに眉毛が困ったような形になるのも、彼の懐かしい特徴だった。懐かしい、という気持ちにすでになっていた。

だってもう離れていってしまうのだから。

お父さんやお母さんがそうだったみたいに。遠くに行って、会えなくなって、ただ薄れていくんだから。

船のデッキから今さっきまで立っていた港を見ているときみたいに、あっという間に遠く、残酷なまでに速く。

「私にはなんだってお見通しだもの。」

私は強がりを言ってみた。

早川さんは、俊介さんが定期的に検診に通う病院の、小児科病棟の子どもたちのボランティアとして来ている人だった。はきはきしていて体ががっちりして少しふっくらしていて、目がぱっちりした昔型の、学校の先生やバレーボールの選手みたいなまじめそうな美人だった。

いかにも俊介さんが好きそうな強い女タイプだったので印象に残っていた。

ふたりがすれ違って挨拶をするときに、互いのはにかんだ笑顔にいやな予感がしたこともよく覚えている。

胸がぎゅっとなるような、早くその場を立ち去りたいような気持ちだった。

このタイプは俊介さんみたいな繊細そうな男の人に意外に弱いんだよな、と人ごとみたいに、でもなぜかひどく悲しくなったことも。
そしてまだびっくりしている自分に改めて気づいた。
考えるべきことはたくさんあるはずなのに、頭の中はあちこちに勝手に逃げ回ってい
く。そうか、いつものような土曜日の夕方はもう永遠にないんだ、ということばかりく
りかえし思っていた。私の場所、私が自由に出入りしていい部屋、私のためのふわふわ
した白いクッション。
別れを告げる間もなく、引き継ぎさえもなしに、あっという間にもう自分のものでは
なくなってしまった。
「そう、私、早川さんを一目見たときから、こうなることはなんとなくわかってた。わ
かっていたのよ。」
私は言った。
俊介さんは小さい声で、
「ごめん。」
と言った。
なぜか私はまた、つきあいはじめた頃、俊介さんとドライブして一泊で遊びに行った
館山(たてやま)の静かな海のことをひたすら思い出していた。きっと、目の前のものを見まいと気

をまぎらわせるためだったのだろう。

私の恋人だった彼は、私が気づかなかっただけで、ほんとうはもうとっくにいなくなっていたのだから。

私がつきあっているつもりでいたこの数週間、そのふたりはいちばん熱く幸せな恋のはじまりのときを過ごしていたのだから。

思い出の映像はそうしているあいだにも勝手に頭の中で再生され、流れていた。

清々しい春先の光、緑は勢いづいてこわいくらいに萌えたち、海はきらきらしていた。

俊介さんを気づかって、とにかくゆっくり歩いた。

私は海の中に無数にいる生き物のことを考えていた。魚たち、海藻たち、貝たち、プランクトンたち……みんな生きている、その違う世界で。

そういうことを俊介さんのとなりにいるゆっくりしたペースのときに、ぼんやり考えるのが好きだった。

となりには俊介さんがいて、これからいっしょに街に出ていくところだった。またいっしょに車に乗って、ホテルのレストランで新鮮なものばかりの食事をして、いろいろなことを話すだろう。あの安心感を思い出した。この世にはなにも心配することはないようなさわやかな気持ちだった。

いつかまたあんなふうに自分が力強く勢いよく手を伸ばせば空気さえ清らかに変えられるような、自信を持った気持ちになれる日が来るのだろうか。

ぺちゃんこになった自分にとってそれがあまりにも遠いことのように思えて、私は思わず目を閉じ、映像を振り払うようにして言った。

「ちゃんと別れ話をしてくれてよかった、ありがとう。」

俊介さんは目を伏せた。

これさえ終わってしまえば、堂々と彼女の元に行ける、とにかく今よ早く過ぎろ、もう耐えられない、とその表情ははっきり語っていた。

もう私と会えなくなるかもしれないというのに「こんなことは早くすんでしまえばいい」と思っている。彼の姿はそんなふうに見えた。

「今までありがとう、さよなら。」

私は言った。

彼は立ち上がり、レジでふたりぶんの会計をして、振り向かずに去っていった。

私はしばらくしてからそっと立ちあがり、エスカレーターで一階まで行き、ぼんやりとしたまま、なんとなくバターピーナツを買った。半立(はんだち)、と品種をつぶやきながら、まるでなにかを探しているかのようにうろうろして。

そのときの私はなにかしていないとぼんやりしたまま車にひかれてしまいそうだったからだ。それからレジで売っていた梨の妖精のキーホルダーを思わず買って、お守りのようにぎゅっと手に握って外へ出て、あてどなく歩きはじめた。

たくさんの窓に明かりが灯る夕方の街、私を受け入れてくれる俊介さんの家の窓はもうない。

それでも梨の妖精のキーホルダーを握っている手に力が入っていることが、少しだけ自分に力を与えていた。十五のときのあの夕方からずっと、梨の妖精の姿を見るだけで私は母がそばにいてくれるような気がして少し元気になるのだ。

私は別にものすごいブスなわけでもないし、性格がゆがんでいたり暗いわけでもない。親はいないかもしれないけどそれでみじめなわけでもないし、育ちがややこしいからってユーモアを解さないというわけでもないし、下ネタが嫌いなわけでもないし、友だちがいないわけでもない。

ちゃんと働いていて、バイトの人やお客さんや取引先のほとんどだれともうまくやっているし、社会的な適合性もちゃんとある。

なのにこんな悲しいことがあるなんて。全く迷うことも一度の相談もなく彼がすぐに新しい人のところに行ってしまうなんて。

私はひとりでもやっていけそうに見えるから？　そういう人生だったから？　本ばっかり読んでいるから？　俊介さんがアレルギーを起こすような古いぬいぐるみといっしょに寝ているから？　私は彼にふさわしくない？

生意気な口をきいたりするし、きれいごとを言ったりしないから嫁として合わない？

そう思ったらやっと少しだけ涙が出てきた。

いやいや、今回は黙っていなくなられたわけではないから前回よりましだ、そうつぶやいている自分がおかしくて、ぷっと笑った。いくらなんでもましだということのハードルが低すぎると思って。

ふと顔をあげたら、この街特有の夕方の潮風が私を優しく包んでいた。

あちこちに桜がまだ少し残っていて、汚れた花びらが風に巻かれてちらほらと地面を舞っていた。

ママ、と私は空を見上げた。

あなたがつらい決断をして私を手放してくれたから、私は今したいことができている。だから、なにがあっても私は生きていきます。

そう思ったら、また元に戻っただけだと思えて、少しだけ気が楽になった。

「えっ？　花ちゃん、ほんとうに別れちゃったの？　いいの？　そんなにあっさりと。」

ひとりでいたくなかったので、私はその足で私のいちばんの友だちであるほとんど家から出ないで生活をしている変わり者の幸子のところへ行った。

家からほとんど出ないこの友だちを彼に紹介していないことも、彼にとっては私とつきあうネックになっていた。私がひんぱんに自分の知らない人物である幸子の家にいることも、あまりよく思っていなかった。親友ならきちんと会わせてとよく言われたのだが、幸子は家から出ないから、誘いだすわけにもいかない。そして俊介さんは知らない人の家にいきなり訪ねていくなんて失礼だし、外に出ない親友なんてどうかと思う、といつも言っていた。

彼はほんとうに育ちがよくて、そういう人たちの存在を信じられないようだった。彼の心が狭いというよりは、全く理解できないのだ。

病気で苦しい思いをしている分果てしない思いやりを持っている人だったが、人一倍たいへんな思いをして丈夫になってきたから、外に行けるのに行かないという生き方を単に恵まれてなまけていると思ってしまうのだ。

私は根気よく幸子の良さを説明し続けたけれど、最後までうまく伝えられなかった。彼はいつも言っていた。ほんとうに花のことが好きだし、花の人を明るくするような性格を尊敬している。だから僕の世界に来て僕の人生を照らしてほしいと。

いや、実は本が好きな本オタクで梨の妖精のグッズに囲まれていて、なんでもじっくり考えないと動けない性分なんですよ、できることなら幸子みたいにずっと家にいて本を読み続けるのが将来の夢です、と言いたかったけれど、彼の中の「活発な花ちゃん」幻想を壊したくないからあまり言えなかった。

でも、その努力ももう終わりだった。

幸子の家は、うちのマンションから歩いて一分くらいの川の反対側、太宰治が船橋にいた頃に住んでいた家のふきんにある。太宰治が大好きな彼女は、それを誇りに思っていた。

そして私は、橋を渡って大好きな幸子の家に行く、そのイメージがとても好きだった。

私が彼と別れたことを告げると幸子があんまりびっくりした顔をしたので、つられて私も改めてびっくりした。

幸子は三十二歳で少し歳上なのだが、子どもみたいな素直さを持つ人だ。

小さい頃交通事故にあって右手の動きが悪く指の数が少し足りない彼女は、そういうことで出歩くのがおっくうになったから、こういう生活が気楽なのだと言っていた。

幼い頃に続けていた病院でのリハビリもあまりに大変だったから、これからの生き方を子どもの頃にそうとう真剣に考えたという。

彼女の両親は共に編集者だった。

お父さんは大きな出版社でいろいろな部署に異動しながら働き、お母さんはフリーの編集者として仕事をしながら、ライターさんたちをたばねて小さなプロダクションを作っていた。

幸子は彼らの校正やテープ起こしや資料集めを手伝ったり、あとは特技のタロット占いを頼まれた人たちにしたりして、ずっと実家の二階に住んでいた。

一階にはご両親が住んでいて、その上にちょこんと乗った形の二階には小さいキッチンもあるし、トイレとシャワーもついているので、いざとなれば一階に行かなくても暮らせる作りになっていた。半分同居、半分一人暮らしという感じだ。

そうは言っても家自体がかなり大きいので彼女の居住部分はけっこう贅沢（ぜいたく）に広かった。

重いドレープのベルベットのカーテン、壁に据え付けの本棚は真っ赤で、派手なシャンデリアはベネツィア製、猫足のテーブルのトップは大理石。中途半端にロココ調なその部屋は彼女の好きなＰＹＬＯＮＥＳ（ピローヌ）というブランドのカラフルな小物で埋め尽くされていた。一言で言うなら色が多く、なんとなく昼間が似合わない部屋であった。

自然光が好きで部屋にものがない私と幸子の趣味はむしろ正反対だった。

それでも、整理整頓とそうじが大好きな幸子の部屋には清潔感があり、そんなインテリアなのに全くおどろおどろしさがなく、窓や鏡はいつも水面のようにきれいに磨かれていて、そんな全てが私にとって奇妙に落ち着く場所だった。

幸子は背が低く色白で筋肉質で全体的にきゅっとしまっていて、少女漫画に出てくる人のようなつぶらな瞳をしている。いつも長い髪の毛をきれいな茶色に染めてアップにしている。自然に外を動き回ってないぶん、部屋で体を意識的に鍛えているせいか、どことなく人工的な体つきだ。

いつもトレーニングウェアか丈の長いドレスしか着ない。普通の人とは時差や温度差のある不思議な世界で暮らしている。

しかし彼女のオーラみたいなもの、彼女を取り巻く独特の雰囲気だけは、その自制心と克己心からいつも明るくてきりっとしている。彼女のまわりの空気はいつも澄んでいる感じがするから、私は幸子といるときに心からの安らぎを感じる。

幸子と初めて会ったのは、佐倉にある川村記念美術館の中のロスコという画家の部屋だった。

　そこには日本で唯一、彼のシーグラム壁画と呼ばれる絵で埋めつくされた部屋がある。深い赤とまるで燃え立つような絵の生命に圧倒されて、私は真ん中のソファでひとり、まるでその絵たちを吸い込むようにじっと長い間座っていた。

　そこに、ふらっと、黒いドレスを着たポニーテールに黒ぶちめがねの幸子が入ってきた。

　幸子もその部屋と絵に圧倒されたことが、私にはその目の光でわかった。

　幸子はまるでロスコの世界の一部みたいに見えた。彼女の姿は自然にすうっと部屋に溶け込んでいった。

　しばらくすると幸子は私から少し離れた椅子に座り、私と同じくらい長いことロスコの世界に身をひたしていた。ほんとうに水がしみこむように、その赤が体にしみてくるのを私も感じていた。そんなふうに芸術に圧倒される瞬間が好きだったが、ロスコと出会ったその経験は格別のものだった。

「よかったら三十分くらい、お茶を飲みに行かない？」

　幸子がふいに私に言った。

「それで、ロスコの話をしませんか？」

私は笑顔でうなずいた。

それでお茶を飲みに行って、家が近所だということがわかり、私たちの長い友情が始まったのだった。

私たちは、ロスコが自分の描いていたものはみな神殿だと語っていたことについて、長い話をした。その話をしているとき私たちはまだロスコの世界の一部だった。あの赤の中に頬を染めて存在していたのだった。

あの光景を思い出すと、運命的なものを感じる。

千葉に住み、ロスコに惹かれたふたりの女性が、同じときに同じ場所に引き寄せられて、心にあった美しいものをわかちあった。その不思議に感謝せずにはいられない。

Macintoshが三台並んでいる幸子の部屋のすみっこにいつも置いてある赤いビロードのクッションにもたれて、私は止まらない涙をそのままにしていた。

もはやそんなに悲しいというわけではないのに、涙がただ流れるのだ。

「だって、他にどうしようがあるの?」

私は言った。

「ひきとめるとか……。普通はもう少しごねると思う。いくらなんでも花ちゃん、あっさりしすぎじゃないかなあ。そこはさすがに彼も意外に思ったんじゃない？」

黒ぶちのめがねの奥の、まつ毛の長い大きな瞳を曇らせて幸子は言った。

「だって、早川さんはとっても、私以上に強そうな女の人で、どうしようもなく俊介さんのタイプなの。どう考えても勝てないもの。もうむだだよ。」

私は言った。そう言葉にしてしまったら、いっそうたくさんの涙が出てきた。

そして子どもたちに囲まれた早川さんのたくましい背や肩を思い出していた。その姿はまさに俊介さんの理想の女だった。私程度ではかなうはずがない。私が得意な力仕事なんて本を運ぶことくらいだった。早川さんはいつも子どもたちを抱っこしたり肩車したり放り投げたりして体ごと遊んでいたし、汗だくのその笑顔は美しかった。

「でも……ええと、変な話、あんたたちってまだちゃんとセックスをしていないんでしょう？　二年もつきあってて。」

幸子は言った。

「いや、そうではない。ほとんどしないだけで、初期の頃はいろいろ試みた。だいたい、それ言ったら幸子なんてだれともつきあったことないんでしょ。」

私は言った。

「ううん、違う。」

幸子はきっぱりと言った。

私の涙はそこではじめてきゅっと引っ込んだ。自分でもびっくりした。こんな悲しいときに涙が止まることがあるなんて。人間ってなんてすごいんだろう、と思って。

「いつどこで⁉」

私は言った。

「ネットで知り合った人と、二年前だったかな。六回くらい会って、結局趣味の話もそんなに合わなくてホテルに行くだけのおつきあいで、あんまり発展しなさそうだったからつまらなくなって、別れた。地味な人だったけどとっても性欲が強くて、ついていけないと思ったの。プログラムとか作ってる仕事の人だった。」

幸子は続けた。

「だから私にはよくわからないんだけれど、いったい、どうやったら二年間もそういうことをしないで、私たちつきあってるとかって言えるの？　もしかしたらつきあってたっていう妄想なんじゃないの？　最近すごく多いから、つきあってるつもりの人たちって。」

「ううん、いくら私が文学少女でも、そこまで夢見がちじゃない。俊介さんは心臓も悪いし、私もそんなにがんばる気がしなくて、いつも途中でいいかってなっちゃうのよ。

そんなこと言ってるうちに、だんだん、しなくなっていっちゃって。あれ？　でも確かに、もしかしたらもうずいぶん長い間、友だちだったのかな。いや、やっぱり違う気がする。あの、最後の、運動する部分？　あそこがめったになかっただけで。……なんだか言ってて恥ずかしくなってきちゃった。」

私は口ごもった。そして言った。

「この話、してなかったかもしれないけど、私、小さい頃お父さんの友だちの息子に、両親が留守のときにずっとシッターさんをしてもらってたの。その人に何回かいたずらされてて、そのときはそれがどういうことかわかってなくて、のらりくらりと拒みながらもしばらくその人はそのまま働いていて、ある日こわくなってきてお母さんにちょっと言ったらその人は即刻クビになったからよかったんだけど、それ以来あんまりそういった方面のことが得意じゃなくって、積極的には求める気持ちになれなくて、私たち、きっとちょうどよかったんだと思う。」

「いきなりそんな重い話をがんがんしてこないでよ、いつもおうちにいる私には刺激が強すぎるよ。」

幸子は眉をひそめて言った。

「私に黙って恋愛していたくせに、なにを言っているのよ！」

私は笑った。

そんなあけすけな会話をしているうちに、私は少しずつ元気になっていた。少なくとももう泣いていないし、普通に話していた。笑顔さえ浮かんでいる。

「幸子、私、幸子といるだけでいつのまにか元気になってきたよ。幸子はすごい。幸子、ありがとう。」

と私が言うと、幸子はあきれた顔で、

「そういう花ちゃんがいちばんすごいよ。あんまりびっくりしてどうしたら慰められるか本気で悩んでたのに、ひとりで勝手に元気になっていくんだもの。最終的にはお礼まで言い出されて、私、どうしていいかわからない。」

と言った。

「私って、きっとほんとうにおめでたいんだと思う。」

私は言った。

「それに、私には私自身のことがちっともわからないけれど、私はもしかしたら思っている以上に病んでいるのかもしれないな。お店が忙しかったからって、彼が他の人を想(おも)っていることに全く気づかなかったなんて。こんなふられ方をするなんて。」

「そんなことはないよ。いろいろなことがあったわりに、花ちゃんはとてもまっすぐだと思う。ただ……少し合わなかっただけじゃないかなあ、価値観が。彼は同じようにひとりで病気と闘った時期があっても、妖精や夢や本の中の人たちや……そんなきらきらしたものにはすがらないでいられる、いや、すがらないことこそが正しいと信じられる、とても現実的な人なんだと思う。将来のことを考えて、ふたりの価値観のその違いに気づいたのかもしれないし。」

幸子は言った。

「お礼に今日私をここまでなんとか来させてくれた梨の妖精のキーホルダーをあげる。これがなかったら地面にへたりこんでしまって、歩いて来られなかったかも。これによりかかって、なんとか歩いてきた感じがする。よかったらピーナッツも食べて。」

「いいよ、そんなだいじなもの。あ、ピーナッツのほうじゃなくてね。」

幸子は言った。

「お礼になにか渡さずにはいられない心境なんだ。急に寄って暗い話ばかりして、ごめんなさい。」

私は言って、キーホルダーを差し出した。

「ありがとう。」

幸子は両手をお皿みたいにして、そっとキーホルダーを受けとった。

梨の妖精の笑顔が幸子の手のひらに躍るのを、少し幸せな気持ちで私は見ていた。

そしてピーナツを差し出した。当惑したまま幸子は受けとって、ありがとう、家族みんなでいただきます、と言った。

幸子のそういうきちんとしているところが好きだった。そんな幸子を家から出ないくらいで、だれにも裁かれたくなかった。

「ねえ、もしかしたら、自分では気づいてないだけで、彼のことを実はそんなに好きじゃなかったたっていうことはない？　なんだか花ちゃんがあまりに冷静すぎて、私は戸惑っている。」

幸子は言った。

「そんなばかな、でも、もしかしたら……。」

私は悲しみの奥に確かにある不思議な解放感を見つけ、まっすぐに見つめてみた。

彼と結婚して長野でおそば屋さんの経営を手伝って暮らす……近くには彼のご両親が住んでいて、しょっちゅう行き来をする。そりゃあ、たいへんだけれど結婚なんて第二の人生のスタートだからもちろんたいへんなものに決まっている、しかたがない……今やっている仕事を辞めざるをえないのだけが切なかった。夜も寝ないで働いて、自腹でいろいろ取材をして、この若さで店長になれて、やっと思う存分好きな本に囲まれて暮らせるようになったけれど、それはいったん全て終わる。

また人生は再出発の仕切り直しになる。

長野でも今の経験を生かして本のセレクトショップやネットショップはできるかもしれないけれど、果たして彼のご両親がそんなこと許してくれるだろうか? おそばといっしょに本を売る? あまりなさそうな感じだが、どんな形にせよもう一度夢を実現するにしてもずいぶん後のことになるだろう……そう思っていた。

そして、まだそんな日は来ていないのだから、そのとき考えよう、とあまり考えないようにしていたし、いつ辞めても悔いがないようにしていたからこそ、今日の私があるとも言える。

私が奈美おばさんと気楽に暮らしているのは、期間限定のことなのだといつだって思っていた。ほんとうに長引くとなると、奈美おばさんも困るのではないだろうか、と。

しかし、そうか、これで仕事が続けられるんだ……そう思うと、ものごとをその角度から見ると意外な嬉しさがわいてきて、私と彼はもともとだめになる運命だったのかもしれないとさえ思えてきた。

「もしかしたら、どこかで少し楽になったかもしれない。もちろん今はまだ悲しさとみじめさにまみれていて考えられない。でも、私は……とにかく本が好きだから。本に支えられて大きくなってきたし、少なくともおそばよりは確実に本が好きだから。そして今は奈美おばさんと暮らすのがとっても好き。こうしてちょっと歩いたら幸子に会いに来ることができるのも、とても好き。永遠に高校生みたいな気分でいるわけにいかないから卒業しなくちゃいけないのかと思っていたけれど、私は今の生活を幸せな暮らしだと思っているんだと思う。」

「それなら、いい点もあるじゃない、この別れに。今はそんな気持ちになれないとわかっているけれど。」

幸子は言った。

「それに花ちゃんはずっと、ひそかに家事をかなりやっていたし、働きだしてからは毎日渋谷まで通って常に勤勉な上に若くして店長になったし、バイトの子もたくさん雇っていてちゃんと取りまとめているんだから、少しも子どもっぽくない。人が休んでも必ず自分は休まないで、熱があってもなんでも出勤しているし。」

「バイトさんが休んだり辞めたら、その間は少し多めに自分が店にいればいいだけじゃない。棚をふいたり、読み直して違和感のある本を外したり、経営の勉強をしたり、電子書籍の今後を研究したり、やることはたくさんある。バイトの子たちといっしょにお店でかける音楽を選んだり、彼らの好きな本の話を聞くのはいくら残業しても楽しい。

私は本が好きだから、たまに彼とデートしたり、夜ここに寄っておしゃべりできれば、特にお休みもいらなかったし。こういう小商いにとことん向いているのよ、私は。本オタクだから、全く苦しくない。むしろ実績さえあれば上司がほぼいない、だれも口を出してこない状態を、むだな人づきあいがある状態よりずっと幸せに思う。責任があることなんて、ちっとも苦しくない。」

私は言った。

「そうは言ってもそれって、普通は毎日の忙しさに流されてしまってなかなかできることじゃないよ。世間の人は花ちゃんのことをきっと大人の、しかも苦労人って呼ぶと思う。もっと自信を持って。花ちゃんにはなにも欠けているところなんてない。」

幸子は言った。

私は私自身の道のりのことを、客観的に他の人と比べることができないからわからなかった。ただ、現代人には珍しくあまり多くのことをしないで来ただけだ。でも、幸子がそう言ってくれたから、急に自分が思いのほかちゃんと歩いてきたような気がしてきて、気持ちがゆるんだ。

そのあとは特にその話をせず、幸子の部屋でビールを飲んだり、幸子の見ている映画をちらちら観(み)てコメントしたり、買ってきたピーナツを食べたりしてごろごろしていた。

私と幸子がいるだけで、そこはロスコの部屋になる。あの息をのむような美しい世界をふたりは同じく夢見ている。これまでいつもそう感じていた。

そして我にかえって何回も驚く。

そうか、いつもの夕方じゃないんだ。今日私は彼と別れたのだ。すっかりふられてしまったのだ。

それを思い出すとまたびっくりしてしばらくは目の前が暗くなってそのことばかりを考えるのだが、またぼんやりとしてしまう。それをくり返していた。

まるで世界が終わってしまったみたいだった。

彼がいない生活を思い描くことはできなかった。あまりにも長い間、彼と共に生きる未来だけを、今現在彼といっしょにいる時間よりももっとしっかりと、描いて生きてきてしまったから。

音をたてて、目の前でその世界は崩れて消えていった。後に残ったのは、仮の生活だと思っていた今の生活だけだった。その中になんの希望を見いだせばいいのか、わからなかった。

やがて一階から幸子のご両親が帰宅した音が聞こえたので、おいとますることにした。

別れ際、玄関のところで幸子は言った。

「でもさ、なんか戻ってくる予感がするよ。面倒くさいけど、きっと彼は一度は戻ってくる。全てはそのときの花ちゃん次第だと思う。」

そういうことを言うときの幸子の目はすっと透き通って、どこか違う世界を見ているようになる。

「タロット占い師にそんなこと言われると、ほんとうになりそう。」

私は笑顔で答えた。

「ねえ、なによりも、今、それを聞いて嬉しい感じがする？　それとも、もういいやと思う？　花ちゃん。」

幸子は私を透明な目でじっと見つめて言った。

「きっとぱっと思い浮かんだそれこそが、花ちゃんのほんとうの心なんだよ。」

ああ、そうかもしれないと私は思ったが、まだ混乱していて、優しかった頃の彼の笑顔が浮かんでくるばかりだった。

「やっぱりまだ驚いているから。だから、また戻ってくると言われたら、ちょっとだけ嬉しさを感じるけど……。」

私は言った。

それでも彼が私を選ばなかった、あんなに長く積み上げてきたのにあっという間に私よりいいものを見つけた。その感じだけでもう消えてしまいたいと思った。

自分が自信を持っていられるとても大きな要素を彼が握っていたんだ、と私は思った。こんな小さなことで支えられているものだったなんて。そしてあんなにも傲慢(ごうまん)でいられたなんて。

「だよね。ちょっと急だったもん。もう少し時間をかけて彼とふたりで考えられたらいいね。」

幸子は微笑んだ。

玄関に立つ幸子を見るのが好きだった。三日月の形にちゃんと笑って輝いている目と、必ず見送ってくれるその立ち姿が。

そのかわいい映像を、明るい画面を、今日の俊介さんの悲しそうな顔の上に上書きして、ひとりになった私はみじめになるまい、と早足で夜道を歩きはじめた。

うまくは言えない。

でも、あまりにもきれいなそういう場面を見たとき、気が遠くなるような感じがする。幸子がそのかわいい家の中に、いつものすてきな立ち姿で立っている、それだけのことなのにまるでそういう写真や絵画を見たときのように、永遠を感じる。

こんなときは空を見上げながら、早足で姿勢よく歩くに限る。幸子の家で気持ちが和んだから、もう大丈夫だ。早く家に帰って、熱いお茶を飲もう、そう思った。

幸子はまるで物語のような佇(たたず)まいをしている。彼女の言葉にできないすばらしい印象、ふわっと浮くような自由の気持ち、すぐ消えてしまう香りみたいなだいじなものを写真でも映像でもなく、言葉でとどめておきたい。そんな気持ちにさえなった。

今夜私を救ってくれた「今日の幸子」の見た目の良さはなにでも表現できない。会った後に残るこの清らかな、りんごの香りみたいな何かを他のなににもだれにもたとえられない。それは私にもほんとうのところなんであるかわからない不思議な力を持つものなのだった。きっとだれにとってもこういうものはあるのだろう。だからぎゅっと握らないで、言葉にも換えないで、つきつめないようにしてそっとだいじにしている。

私のまわりには、仕事で会う人たち以外には、ほんとうに近しい人たちは体の弱い恋人と、夢の中だけにいる幼い友だちと、家から出ない親友と、親戚の美人だけどへんくつなおばさんしかいなかった。そして少し遠くに義理のお父さんと妹。その人たちを中心に私のプライベートライフは動いていた。

そんな数少ない人たちの中の、恋人さえも私から去った。

でも、私みたいな人間がこの世のはじっこにいたっていいではないか、と思わず握ったこぶしに力が入った。

いつも小さなことにふりまわされて、地味でぱっとしなくて、いろいろなことの規模も小さくて、でも自分なりに軸を持って生きている。失敗だらけで、ろくでなしかもしれなくて、でも人生にはちゃんと感謝をしている。そんなふうでもいいではないか。生きているだけで、もういい。だれがそのことを責められるだろう。

夜空を見上げて、私は思った。

風が冷たくて、熱い頭を気持ちよくなだめてくれた。

突然にその気持ちはわきあがってきた。

そうか、そうなんだ、とアスファルトの大地にしっかりと足を踏みしめ、暗い空にちりばめられた星を見つめながら私はふいに悟った。

ほんとうのところ、だれも私を責めてはいない、私の心の奥底にこそその気持ちが眠っていたのだと思った。

俊介さんに、彼の育った環境や考え方に、私のなにかを責められている……そういう気持ちが後ろめたくいつでも存在していた。もしも私が普通の家の人だったら、彼はもっと楽だった。ため息の数を減らせた。ただでさえ体が弱いのに負担をかけている。そういう気持ちがどこか底の方にいつだって流れていた。

変わった環境の家の子、借金を作って逃げた父親がいる、ほとんど天涯孤独の育ち。結局はそれだからふられたのではないか？　という気持ちがどうしても離れていかなかった。

恋愛と結婚は違う……そんな言葉も浮かんできて、私はこの別れの真相と彼の私への気持ちの程度を思い知った。

私が思っていたよりも、現実はずっとはっきり私たちの結婚を否定していたのだった。

それに気づかなかったのはきっと私だけなのだ。


なんだか疲れてしまい、ばったりとベッドに倒れ込んで眠った。

頭だけが興奮していたみたいで、別れを告げたときの俊介さんの表情がまぶたの裏でずっとぐるぐる回っていた。

そして休日の朝ひとりで目覚めたとき、私の横には梨の妖精のぬいぐるみの笑顔があった。まるで私を慰めてくれているみたいに、すぐそばにそのかわいい目があった。

これは母が私に最後に買ってくれたぬいぐるみ、と思ったら、また涙が出てきた。

私は梨の妖精をぎゅっと抱えて涙を流した。

君の世界に行きたい、いっしょに遊んでただ笑っていたいよ、と思った。

大人になるってなんでこんなつらいことばかりがあるんだろう、きっとだれもが歌うように生きていたいし、だれだってもしもできることなら人にはただ優しくしたりされたりしたいだけのはずなのに。

そんなふうに晴れた日曜日の朝に自分の家で目を覚ますなんて久しぶりのことだった。いつも俊介さんと過ごしていたからだ。

ふっと気をゆるめるとうつろな気持ちがまた襲ってきた。

彼はいったん戻ってくると幸子は言っていたが、私はもう元には戻れないだろうと思った。もう彼に普通に接することができないだろうと思う。早川さんの屈託のない笑顔が何回もフラッシュバックする。彼女のまっすぐな立ち姿が頭からどうしても離れてゆかない。

私はそのたびに暗い気持ちを振り払うように、梨の妖精のぬいぐるみをぎゅっと抱いた。そして思った。夢の中のあの女の子も、こんなふうに梨の妖精を支えにしていたんだろうか？

……だとしたら、あのかわいい笑顔の女の子は、もしかしたら幸せな子ではないんだろうか？

なんでそんなことを思ったのかわからない。

あの子は淋しかった私が創りだした空想の友だちだろうに、なんでそんなことを思ったのだろう?

そう思いながらも、私の頭の中になにかが点滅していた。今、なにかだいじなことを思いついたよ、という知らせだ。

梨の妖精をぎゅっと抱いていたら、ごく自然に浮かんできた考えだった。

もしも心細くなかったら、悲しくなかったら、あの子はあんなことを言うはずがない。あんなにも私と心を通わせようとするはずがない。あんな深い悲しい瞳をしているはずがない。

そう確信した。なんで今まで気づかなかったんだろう、と私は思った。

私は初めて、あの夢の背景を知りたいと思った。

もしかしたら花子さんはほんとうにどこかにいるのではないか、と。

窓の外を行く人々の声が聞こえ、音のない川が静かに存在し、駅前の方向にはビルが建ち並んで、線路が見えて……なにもかもがいつも通りだった。

このままずっとこうしていたら、駅前まで行かなければほとんど人がいない住宅街の景色だけ。暗くなれば、それぞれの窓に団らんがあり物語がある、なんの変哲もない明かりの連なりがやってくるだけ。

いつかは出なくてはいけない、ともちろん思っていた。

俊介さんを好きだったから、彼といっしょにもっと生々しい人生に参加しようとしっかり構えていた。子どもがいたり、お金のやりくりをしたり、夫婦でなにかを分担したり、そんな生活に入っていくのだ。

しかし、当分それがなくなった今、これからの休日はもしかしたらずっとこんなふうにぼんやりとひとり目覚めるのか、と思うと、これまでと比べてその不毛さは恐ろしかった。

まるで閉じ込められた部屋の窓からただ目の前の荒野を眺めているみたいな、果てしない暗さが私を覆っていた。

そんなことを思いながら、梨の妖精を抱きしめたまま、いつのまにかまた眠りに落ちていた。

そのときに起きたことの不思議さを私はなんと説明していいのか、未だにわからない。

俊介さんとの突然の別れをどうしても受け止めきれずにいた、狂気に似た混乱が頭の中でぐるぐるうずまいていた精神状態がそうとうに作用していたのだと思う。

……半分起きているような感じのその夢の中で、私は必死で俊介さんに電話しようとしていた。

でも、どうしても番号がわからないのだ。

あせりで泣きながらじっと壁を見ていたら、そこにはとても小さな字で数字が書いてあった。

あれ？　これは俊介さんの電話番号？　きっとそうに違いない。

夢だからこそ、私は無邪気にその番号に電話をかけた。

呼び出し音は、不思議にくぐもっていた。お風呂の中で鳴っているみたいな反響音が混じって、しかもどうしてだか、真っ暗な繭（まゆ）の中のようなところをくぐりぬけ、すうっと開けた場所につながっている感触がはっきりと私には伝わってきた。

電話の向こうにだれかが出た。

「もしもし？」

よく響く低い声がか細く聞こえてきた。子どもみたいな声だった。確かに知っている声だったけれど、だれだかわからなかった。それよりも私は、俊介さんと話したかったから、当惑した。

「もしもし、あの……。」

私は言った。

「お願いがあるんです。」

その声はよどみなく唐突にそう言った。

「もし、あの家を見つけられたら、私のお父さんに会ってもらえますか？　その家はそこからそんなに遠くないの。駅の反対側の、細い道。八十郎バルのあるあたり。柔道の練習場の近く。」

その人は言った。

「あの家？」

私は言った。

「覚えてる？　私が絵にいつも描いていた、桐の木が見てる家。」

その人は言った。

ああ、知っている、この声は花子さんの声だ……。

夢の中にいたからこそ、なんの違和感もなく私はすぐ理解した。彼女は続けた。

「私はいっしょに住んでいた、お母さんと結婚したおじさんに無理心中を強いられて死にました。おじさんもそれからずっと精神を病んでいて、お母さんと幸せには暮らせていないの。ふたりはひっそりと、ただ生きているだけという生き方をしています。そんなふうでなくていいよって、いくらお母さんに夢の中で伝えても、お母さんには届かない。私はどうしてだかわからないけど、花ちゃんとしか、通じ合えないの。

友だちがほしいなと思いながら、同じ天井を見てたから。同じように両親と暮らせなくて淋しい気持ちだったから。同じように梨の妖精のぬいぐるみといっしょに寝ていたから、いつもあのかわいい目の中にお互いの姿を見ていたから。だからこうしてつながってます。

桐の家は、私の大好きなほんとうのお父さんの家です。私の骨の一部はお父さんの家に置いてあります。そして残りはお母さんの家のお墓にちゃんと入っているの。だから私はもうちゃんと成仏しています。

でも、ひとつだけ心のこりがあります。

私がお父さんと暮らすために取っておいたお金と、お父さんにもらってだいじにしていた、いつもいっしょにいた梨の妖精のパペットが、桐の木の道路側の大きな根っこの半分土の中に埋まっているほらの中に隠してあります。どうしてそんなことをしたかというと、おじさんが私の持ち物を調べるようになってきたからです。

子どもがお金を貯(た)めているのはよくないことだからお金を預かるって言い出したので、こわくなってお父さんの家に隠しに行ったの。

そのときは昼間で、お父さんは仕事に行っていて留守だった。桐の木に隠して、家に帰って、お金はどこに行った、だいじなぬいぐるみはどうしたって聞かれて、私はその頃どうしても口から言葉が出なくなっていたから黙っていたら、ほんとうに怒らせてしまって……、そんなに家族を作りたくないなら、みんなで死のうと言われて、とにかくそのときにいろいろ悪いことが重なって私だけ死んだの。だから、できればそれを私の形見としてお父さんに渡してください。そうしたらもうなにも悲しいことはないんです。

花ちゃんは昨日ふられちゃったんですね。

私、できることならお父さんを紹介してあげたい。お父さんの名前は松本清文です。お父さんは今ひとりぼっちで、私を救えなかったことで、時間が止まったみたいになって、自分を責めながら暮らしているから、友だちを作ってほしい。花ちゃん、よかったら、恋人にはなれないとしても、せめてお父さんの友だちになってあげてください。」

なんだか話が重すぎて、そして多すぎて、私には少しもわからないよ、と泣きたい気持ちだったが、こわいのとびっくりしたことのおかげで失恋の痛みがそのときだけすっかり吹き飛んだ。

「どうかお父さんに、花子はあなたをだれよりも愛してるって伝えてください。ありがとうって。幸せに長く生きてください。それだけが私の望みですって。

私を殺したおじさんはお金持ちでまじめでしかも内気な人で、お母さんと私と三人で完璧な家庭を作ろうとしていました。でも、私がなつかなかった上に、私の声が出なくなって、学校の先生に相談したり、カウンセラーに話したり、家出してお父さんと暮らそうとしていたから、新しいお父さんは悪い人なんだと近所のうわさになっていると知って、苦しくなって頭がおかしくなってしまっただけで、私はいたずらされたり、襲われたり、暴力をふるわれたことは一度もないんです。

私も悪かったの。歯車がどんどんずれてしまった。はじめ彼には私を殺すつもりさえなかったし、私を殺したら自分も死のうとほんとうに思っていたんです。今はとてもよくわかるんです。

私のケースが最悪ではなかったことも、もっと悲しいことがたくさん世界では起きていることも。

ここにいたらなんでもわかるんです。私はもう悲しくない、それもお父さんに伝えてください。きっと警察の人がいろんなことを伝えているとは思うけれど、どこかで疑っているかもしれないから。重いお願いごとばかりして、ごめんなさい。

私たちがどうして今だけこんなふうに話せているのか、それもわからないの。

だからあせっていて、いろんなことをいっぺんに頼んでごめんなさい。

きっと花ちゃんが失恋してほんとうに悲しく暗い場所に、花ちゃんにしては珍しくいるから、私の悲しかった気持ちがこもった部屋で、昔の私の雰囲気を感じてつながってしまったんだ。

でも、だからこそ、今、話ができる。

だから、一気にいろんなことを伝えてしまってごめんなさい。

いつラインが切れるかわからないから、いっぺんに言ってしまった。

私の悲しいことは、もう全部が過ぎたことです。終わったことです。

花ちゃん、いつも、いっしょに遊んでくれてありがとう。私慰められた。生きていてこの部屋にいるあいだ私の心はずっと淋しくて、梨の妖精以外友だちがいなかったから。生きて、実際に出会って、友だちになりたかった。でも私がいなくならなかったら、この家に花ちゃんが来ることはなかったんだから、私たち、実際にはどうしても会えなかった。しかたないよね。」

電話の向こうの「花子さん」は言った。

会話はちゃんと流れてはいるんだけれど、どこかしら不安定だったり、言葉に出さないのに伝わっていたり、意味がひとかたまりに飛んできたりしている気がした。言葉でない部分もあったような、そんな気がする。不思議な時間の感覚だった。

私は確かに花子さんの声を知っていた。切実だけれど優しい声。最後のところは、まるでお母さんが赤ん坊をあやすときみたいな、できたばかりの恋人におやすみの電話をする人みたいな優しい調子があった。

ずっと夢の中で会っていた女の子、幸子といるのと同じようにただ仲良く。語り合うことも特になく、なんとなくいっしょにいるのが幸せだった私たち。時差はあったけれど、同じ天井を見上げて眠って、同じ窓からの朝の光で目覚めていた私たち。あまりにも悲しすぎる真相を知ったショックでいっぱいだったのに、不思議と心はちょうどよい温度の温かいものに魂をひたしたように安らいでいた。

きっと彼女が今いる場所の雰囲気はそんなふうなのだろう。

それだけが私をほっとさせた。

「ごめんね、私、まだ話を整理できてないみたい。あなたはいつも夢で会う女の子。花子さん。名前は絵に書いてあった。」

私は言った。

「私は花、だから私たち似た名前だねっていつも言いたかった。」

「うん。」

花子さんは言った。

やっと言えたのに、別れの予感がしていた。

「こうして話ができてしまったら、私たちきっともう夢の中で会えないんだね。ずっと長い間、夢に出てきてくれてありがとう。」

私は言った。

「うん、もう私、ほんとうに行かなくちゃ。遠いところに。花ちゃんの心がうんと悲しくなって、だから現実の壁がうんと薄くなって、だから私たちこうしてちゃんと話ができたの。」

花子さんは言った。

「でも、私は今、小さくないよ。夢の中なのに大人のままだよ。あなたも今は大人なの？」

私は言った。

「ううん、私は死んだとき、十歳だった。でも、こっちに来てからはまるで大人みたいに、思ったことがちゃんと伝えられるようになったの。」

花子さんは言った。

その言葉にあらためてぞうっとした。

なんで私たちはいつも子どもの姿でこの部屋で会うの？　と思ったけれど、うまく聞けなかった。

私の心の中の疑問に花子さんは答えた。

「それはね、さっき言ったように私たちが同じ部屋を使っていたから。同じ窓辺で眠っていたから。いろいろな悲しいことを楽しい空想にかえて、生き延びてきたから。それから、花ちゃんの心がまだ子どものままだからだよ。そういう人はあんまりいないから。それから、なによりもね、私たちは梨の妖精が大好きな梨友だもの。同じようにこの船橋の街を愛してるし。

私のほんとうのお父さんは大人としてはてんでだめなお父さんで、お金もあまり稼がなかったし、要領も悪かったけど、そしてお父さんとお母さんは学生結婚だったから、ふたりとも子どものままで家庭を作ってしまったのかもしれないけれど、お父さんは植物の世話が大好きで、すてきな詩を書いていたし、絵がとてもうまかったの。

お母さんはそんなふうに空想の世界を大事にしていてお金がないお父さんをすっかりいやになって離婚してしまったけど、私はお父さんのだめなところが大好きだった。お父さんといた頃、私はいつも海老川沿いを散歩したり、大輦(だいれん)でいっしょにハムカツの乗ったソースラーメンを食べたり、市場に行ったり、海を見に行ったりしていたんだ。お誕生日には友だちからお金を借りて高級なおかめ寿司に連れていってくれたんだよ。甘エビとうにの握りがおいしかったことを永遠に忘れない。私、花ちゃんの生き生きとしている、大人になっていく姿をたまに上の方から見ては、その頃を思い出していたの。」

花子さんは言った。

「ねえ、花子さん、あなたは、もうほんとうに死んでいるの？　死んじゃったの？　会えないっていうこと？　もう大人になることはないの？」

私は言った。

「うん、私は大人になることはもうないんです。

いつか生まれ変わることができたなら……今度は恋をしたり、徹夜で勉強したり、友だちとけんかしたり、就職したり、結婚したり、子どもを産んだり、せいいっぱい生きたいな。

私みたいな、生きたかったけれど運の悪かった子が、きっと今の時代にはたくさんいるのよ。

その中にもいろいろなジャンルがあるんだけれど、私と花ちゃんは、同じような悲しいことがあった子たちの中でも、とても似たところがあったから、通じ合っているの。

きっと他の世界の子たちには他の仲間がいるんだろう。

花ちゃんは、自分の力で、ひがんでもいいようなときだってひがまないで歩いてきたから、ほんとうに珍しい幸運な子になれたんだと思う。

みんなそれぞれにきっと幸せなこともあったし、そして、できなかった子たちにとってはこれからしたいことがきっとたくさんあった。だから、花ちゃんみたいにぎりぎり奇跡的にいいほうに逃れられた子は、私のような子たちのことを、忘れないでください。私の分まで思いきり生きてください。私、心からそれを願っています。

私はやっぱり家出してでも、お父さんと暮らせばよかったたって思ってます。来週こそ、家出しようって思ってた。荷物だけ一生懸命作って。でも、それが見つかっておじさんをすごく怒らせて悲しませてしまったの。あの荷物を作った瞬間に、靴を履いて、ただ外に行けばよかった。走って走って、桐が大きな葉っぱを広げて隠してくれるお父さんの家に行けばよかった。連れ戻されても、ちゃんと言葉でていねいに伝えればよかった。だから花ちゃんはどうか、そういう後悔のないように生きてください。少しでも違うと思ったことには、抜け出るのがつらいときでも、ずるずる参加しないでください。そしてこれだと思ったことには、ためらいなくすぐに行動してください。」

花子さんは優しい声で言った。

夢の中で子どもに戻っていっしょに遊んでいるときのあの安全で幸せな雰囲気を思ったら、涙が出てきた。

私の淋しさを慰めるために私が創ったつごうのいい夢の友だちだと、花子さんのことを思っていたのに。そのくらいふたりでいっしょにいることは自然だった。でも、実際にいた死んだ人だったんだね。なんて淋しい、そう思った。そして言った。

「ごめん、花子さん。私、人の分まで生きるなんて言えるほど立派な人間じゃない。そんなできもしないことを口に出して誓ったりはできない。

でも、気持ちはよくわかりました。私、あなたのお父さんを探し出して、必ず伝えます。どうか安心して。あと、あなたのお父さんを好きになったりしないからね。私、なにせ昨日ふられたばかりだもん。ねえ、どうしてあなたはそんなにも前向きなの？　殺されたのに、他のもっとかわいそうな子たちのことを考えるなんて。」

そう言いながら、私は同じ意味のことを幸子に言われたことを思い出していた。そうだ、自分のかわいそうなところを数えたら心がつぶれてしまうから、いいことをいっしょうけんめい数えて……そういうところも私たち、名前だけでなくて似ているのかもしれない、と思った。

花子さんは言った。

「私、幸せだったもの。愛されたし、愛していたし。一時的にいろんなことが狂ってしまっただけで、私はこの世界が大好きだった。木も、梨の妖精も、お父さんもお母さんも、絵を描くことも。お父さんと暮らせさえすれば、いつかおじさんのことも好きになれたと思う。」

そんなにがんばらなくってよかったのに。もっと泣いたり、だだをこねて、心の奥底の醜い気持ちをむき出しにして、いいのに。私はそう思った。

それに対して花子さんはきっぱりと答えた。

「そうしたら、負けちゃう。私とか花ちゃんみたいな人たちが、ほんの少しずつ、わずかずつ、世界を広げて行くの。未来に向かって。かたつむりくらいのろくても、アリンコくらい小さくっても、梨の妖精くらい弱そうでも。

いなくなっちゃだめなの、私たちみたいな夢見る人たちは必要なの。どんなにばかにされたって、笑われたって、死にそうになったって、死んだとしたって、人類が続くために、いなくてはいけないの。

だから話しに来たの。元気出してって言いたくて。私、いつも花ちゃんのこと見ていたよ。もしも神様が人間を見ていたらきっとこんな気持ちなんだろうなっていうくらいに、だいじにだいじに。」

あなたは天使です、ほんものの天使になった。今も私を助けてくれた。苦しみの中に沈んで、彼以上に自分の人生を憎んでしまいそうな私を。

私はそう伝えたくて、でも涙が出てうまく言えなかった。それでも私の気持ちが直接花子さんに伝わっていることは、波のように優しくその思いが伝わってきたからわかった。これが天国の会話なんだ、と私は思っていた。

そのあたりから、なにがなんだかわからなくなった。起きているのと寝ているのが混じった感じで、お酒に酔ったようなおかしな気分になってきた。

夢の中なのに、携帯電話を持っている手が重くて、そこからしびれるみたいに肩まで痛くて、頭も痛くなってきて、ベッドに崩れ落ちる自分をもうひとりの自分が上から見ていた。

私の人生には光や風や小さい虫たちや、ちょっとしたときの人の仕草（しぐさ）からしか、ほんとうに幸せなものがまだ感じられないんだ。いや、逆にそういうものからだけ、あふれるほどにたっぷりと感じてきたのかもしれない。

言い換えれば、生きている幸せだけを感じて生きてきた。

奈美おばさんの足音や、彼女がためらいなくこの部屋をくれたときの瞬間とか、そういうことからしか。あと両親との思い出もたまに。その中には花子さんと夢で遊んだこともきっと入っている。これまで読んだすてきな本や梨の妖精の動きや……そんなかけらが私をなんとかここまで押してきた。一歩間違ったら花子さんみたいにこの世からいなくなっていた。つぎはぎだってなんだって偶然やってこられたことを、私は恥じるべきじゃないんだ。

そんなことを私はまだまだ言いたかったのだが、声が出なかった。


はっと気がつくと、私は頭を抱えてベッドに寝ていた。

やはり夢だったのか、と私は流れてくる冷や汗のようなものをぬぐいながら考えた。

夢がだんだん現実に入ってきた。私、頭がおかしくなりつつあるんだ、と私は呆然(ぼうぜん)としていた。

確かにあの小さな女の子とたくさん話した。死んだという女の子と。

釈然としないまま、私は洗濯を始めた。

体に刻まれた時計がその行動の空しさを教える。

いつもなら今頃、穏やかな夜を過ごし、ぐっすり眠り、俊介さんと軽くキスをして部屋を出る頃だ。

俊介さんの好きな丸山珈琲の季節のブレンドを、長野から持ってきた上品なカップでたっぷり飲んで、おいしいグラノーラを食べて。彼の趣味の良さは私のお店作りにも参考になったし、彼の美しい世界にいるときはその中に包まれているようで気持ちも整頓され、落ち着いた。

こんなに静かな気持ちで暮らせるなら、彼との結婚は楽しみだと心から思っていた。

後ろでドアを閉めて鍵をかける音を気だるい気持ちで聞く頃。早くひとりになりたいような、一晩いっしょに過ごして慣れ親しんだ俊介さんの気配をとなりに感じていたいような。

それと全く同じことを今の俊介さんはみんなあの美しく強い人としているのだろう、そう思った。私でなくてもよかったのだ。

ああ、なんでもいいから、こんどはとにかく私じゃなくちゃだめな人といたいな、と思った。

早川さんはきっと強い人だろう。心の中がでこぼこしているどこかしらとんちんかんな私と違って、決断もすかっとしていそうだし、彼らならちゃんとした大人の男女らしいつきあいをしているんだろうなあ。はきはきしたあの彼女だったら、俊介さんのお母さんも文句なく気に入るだろう。

そんなことをたまにうじうじ考えては詮(せん)ないことだと思ってそのつどやめた。

空が高くて、雲がきれいだった。

横を見たら梨の妖精はまだ澄まし顔でにっこりと微笑んでいた。

そんなときにも私の目は美しいものを追うことをやめない。それは生きていたいという気持ちのあらわれだ。

神様が私のまわりに自然と描いた絵は、いつも変わらず私を微笑ませてくれる。どんな日でもなにかしら胸をうつものがあるので、小さな宝物を見つける力があったので、私は生きてこられたのだと思う。


夢の驚きで目が覚めたようになって、私は確実に昨日よりも立ち直っていた。しかし空しさだけはいっそう増していた。動き回っていないとどんどんその空しさに飲み込まれそうで、私は掃除機をかけたり窓のさんをふいたりしていた。汗をかいてへとへとになって、頭の中に満ちてくる不毛な気持ちを止めていた。

彼に選ばれなかったことで自信を失くしていた。明日仕事場に行ってもこの空しさが続いて、どうしても本を好きな気持ちがわいてこなかったら？　あさってもそうだったら？　そんなふうに思わないように自分を止めていた。

そんなときの最後の手段として、私には読書ノートというものがあった。これまで読んだ本のよいところを書き出してあったり、大好きなトーベ・ヤンソンの油絵の写真や好きな作家のインタビュー記事などを切り貼りしてあるのだ。それを読んだらどんなときでも元の気持ちに戻れる。

でも、そんなにがんばらないと仕事を好きでいられないなんて大丈夫？　と俊介さんのぱりっとしたしわのないシャツが私に話しかけてくるような気がした。僕はなにもしないでもはつらつとしていられる女性が好きだな、と。

もちろんそれはほんとうの俊介さんではなく、私の心の中のコンプレックスが見せている俊介さんの映像だった。でも、ほんとうのことに思えて胸に突き刺さる。

そんなふうにもんもんと自分と闘ってじりじり時間を過ごしているうち、午後三時半になったら奈美おばさんが静かにドアを開けて帰ってきた。いったん自分の部屋に入って部屋着に着替えると、彼女は休日特有のぼんやりと力の抜けた顔で歩いてリビングにやってきた。

「ねえ、このマンションって……っていうか、この部屋って、なにかいわくつきだった？」

私はお茶を淹れながらたずねた。

「うん、そう。言わなかったっけ？　ここは心中の未遂現場なんですって。内見の段階で近所の人がさんざん聞かせてくれた。そして、そんな事故物件だから女ひとりでも激安で素早く購入できたの。」

　奈美おばさんがさらっと言った。言ってから、はっとした顔をした。

「ついになんか見てしまった？　ここで女の子が殺されたんだって。その子のお母さんが全てを発見したらしい。こっちのリビングでその子が首をしめられて殺されていて、殺したという義理のお父さんが手首を切って自殺しようとしてたんだって。義理のお父さんのほうはなんとか助かって、その夫婦は遠くに引っ越して行ってしまったそうです。痛ましいことだね……。」

「全部初耳よ！」

　私は言った。知らなかったことにもめまいをおぼえた。自分の体験はもちろん言えなかった。もうなにがほんとうに起きたことなんだかよくわからなくなっていた。

「なんでそんなすごいところを普通に買うの？」

　私は言った。

「安かったからよ。急いでたし、背に腹はかえられなかったの。でも私、その娘さんのためにたくさんお祈りしたし、お祓（はら）いもしっかりしたし、お坊さんを呼んでお経もあげてもらったから大丈夫だと思う。内見したときもいやな感じは全くしなかった。むしろ、お地蔵さんや座敷童（ざしきわらし）がいる場所みたいに、言い知れない透明な気持ちになって、ここでその女の子が暮らしていたんだって思ったら、涙が出てきたくらい。そして、もう十五歳だったけれどまだ大人ではない花ちゃんと、幸せに暮らしていこうって心から思えたの。だから、買った。」

奈美おばさんは淡々と言った。

「いや、ちょっと待ってください。なんで私もママもそのことを聞いていなかったの？そんなすごいことを！」

私はびっくりして言った。

奈美おばさんは本気で首をかしげていた。

「こうしてふたりで広いところに安く住めるんだから、いいじゃない。だれか他の人が住むよりも、私たちが住んだ方が幸せだよ、この部屋だって。なにもない家なんてないし、なにもない大地もないって、この世に。どこだって、だれかの血を吸った土地だって。その上で必ずだれかがいろいろ思いながら死んでるんだって。だから大切に住んであげるのがいちばんの供養だと思うの。」

「うーん、確かにそうなんだと思うんだけれど、なんだろう、この感じ……合理的っていうのとも違うし、おばさんってほんとうに変わっているのね。」

私は言った。何もなかった土地はない、その言葉の深みに打たれながら。

た。

「そんなことないわよ。秘書なんて常識がないととても務まりませんからね。」

奈美おばさんが少しムッとしてそう言ったので、とりあえず私は黙った。そして言った。

「まあ、それはもういいとしますけど、できればそういうことってはじめに知りたかった。たくさんの謎があったんだから。」

「こわい話？　私そういうの苦手なんだ。やっぱり、なんか見たのね。今度聞かせて。やっぱり、花ちゃんは勘がいいのねえ。亡くなったお母さんもそうだったなあ。私には全くない遺伝の要素だね。」

奈美おばさんは淡々と言った。

私は言った。

「それはさておき、私と住むために、あわてて事故物件を買わざるをえなかったなんて、なんていうことでしょう。他にも私がいることで気に入らないけど引っ越せないとか、実はお金がかかって困ったことがあれば、ほんとうに言って。時間がかかるけど、必ず返しますから。」

すると、奈美おばさんはふいに私をまっすぐ見た。

なんでそんな透明な目で私を、このタイミングで見るのか？　とこちらが困るようなすばらしい表情だった。まるで去っていく船を見る人のように、もの悲しくてしかしどこまでも中立的な独特の感情がそのまなざしにこもっていた。

「おばさん、いったいどうしたの？」

私は言った。

「今なんだろうか、タイミングは今なんだろうか。」

おばさんは声に出して自問自答した。

私は黙って次の言葉を待ってみた。

この感じは……なんだか不吉だと私の直感がうずいていた。まるで家族が解散したときのような、俊介さんに別れを切り出されたときのような、衝撃的な事実を聞くことで空気の流れが切れる感じ、これまでいた空間からいきなり違うリアリティの空間にむりやり移行させられるとき特有の感じ。

奈美おばさんが眉間にしわを寄せたままで黙っているので、私は言った。

「これまでずっとおばさんに甘えてきたことを申し訳なく思っているので、いつか自立しようと思ってたのですが、おばさんが出ていってくれるなと言うので、それにも甘えてきました。でも、長い恋人と別れたことですし、ここでちゃんとそういう話をしておけたらと思います。」

「えっ、花ちゃん、彼と別れたの？　やったあ！」

　奈美おばさんは大きく微笑んだ。

「なによ、その屈託のない笑顔。」

　私は言った。

「ごめんごめん、つい。そうだよね、恋愛は自由だもんね。人の好みをとやかく言っちゃいけないんだよね。」

　奈美おばさんは言った。そして続けた。

「私が言わなくてはいけないことは、もしかしたら花がここから出ていくと言いかねない内容のことでして……だから、長い間言わずにいたんです。私は花と暮らしたかったから、ついつい先延ばしにしてしまって。とにかくお金の話では決してないんです。ただ、花がそんなひどい目にあった直後に言うべきかどうか、考えてしまうんです。」

「よかったら、言ってください。私はとりあえず受け止めるから。それで後でゆっくり考えるから。急な判断はしないと約束します。」

　私は言った。

　うなずくと、奈美おばさんは決心したように言った。

「実は、あなたを育てるお金は、ずうっとあなたのお父さんから仕送りしてもらってきたんです。お父さんにはそのことを絶対に言うなと言われていました。でも、あなたはもう大人だから、私は機会を見て言おうと思っていた。」

「ええ？　ちょっと待ってよ。それは、まさかの現在形ですか？」

私は言った。

「あなたの両親は、お父さんが夜逃げする前にちゃんと離婚してる。で、お母さんはすぐ別の人と再婚したよね？」

奈美おばさんは言った。

私は言った。

「つまり、お父さんは、これまでの履歴を消したんですよね、お母さんや私ごと。」

「死んだつもりになってやりなおすしかないってやつだったんでしょうね。」

奈美おばさんは言った。

「お父さんにもいつか会いたいとは思うんです、少しも恨んでいないので。ただ、時代がたまたまバブリーな、そういうアップダウンが起きやすい時代で、お父さんはうっかり失敗してしまって、結果的にだれもがそれぞれの道を歩んだんだからいいんだ、と思っています。」

私は言った。奈美おばさんは言った。

「いろいろわけがあってなかなか会えないだけで、お父さんはあなたをちゃんと思ってる。それは間違いのないことなの。」

そんなことを奈美おばさんから聞けるなんて、思いもよらないことだった。

もちろん、もし私について聞きたいなら、父は奈美おばさんに連絡してくるだろうということもわかっていた。母のお葬式にも父からの花がひっそり飾られていたし、ほんとうになかったことにはしていないし、ちゃんと気にかけてくれていることはなんとなくわかっていた。顔を出さないことが父の男気だということも理解しているつもりでいた。日常の中にいると、自分のほんとうのお父さんが生きていることをふと忘れてしまうというだけで、船橋での私の生活の中ではそれは自然なことだったのだ。

しかしそんなに具体的に父が私に関わっているとは知らなかった。

ここでちっぽけに展開していると信じていた私の人生の、見えなかったはじっこは思いのほか遠くまで広がっているみたいだった。

そしてうまく言えないけれど、私の中のなにかはそれを知っていた、そんな気がした。だから私はこの部屋で死んだ花子さんみたいに、どうしようもない気持ちにならないですんだということを。

父のことを全く悪く思っていないというわけではない。私だってもう中学生だったのだから、急にあんなことになる前にきちんと相談してくれたら、という気持ちを持たなかったわけではなかった。

義理の妹に関しても「いいなあ、あの女の子。私のお母さんと暮らせて。毎日私の親に会えて。私はちょっとしためぐりあわせで、暮らせなかったんだ」とちらっと思ったことはさすがの私にもあった。奈美おばさんがいないひとりの夜や、家族の思い出をなぜかぐっと近くに感じたときなどだ。

ただ、自分で選んだという気持ちが底に流れていたから、いちいち恨みがましくならなかっただけなのだ。

「花ちゃんってほんとうにえらい。なんでも受け入れるのに、決してむりをしていない。負けず嫌いで、勘がよくて、たまに毒舌なのにとっても優しい。なによりもこだわりや頑（かたく）なものがない。どうしたらあなたみたいに生きられるの？」

奈美おばさんは言った。

「昨日も親友に似たことを言われましたけど、自分の長所は自分ではわかりません。きっと私って死ぬほど気が強いんだと思います。単にわがままなんです。」

私は涙をふきながら言った。

花子さんはもっともっとたいへんだったんだから、なんと言っても死んじゃったんだから。もうお水も飲めないし、花の香りをかぐこともできないんだから、と私はふんばった。

とりあえず泣き止(や)んでおこう、整理に時間がかかることに違いないから。そう思った。そんなことができるように訓練していったからこそ、こうやってものごとに鷹揚(おうよう)になったのだから、それも私のかわいそうなところかもしれないと思って、小さい頃の私を心の中でぎゅっと抱いた。結婚しようとしていた人に失恋したこれからは、その小さな私を必要以上にケアしてあげないといけない気がした。

奈美おばさんは言った。

「お母さんは再婚相手のあの方と、お父さんとの結婚が終わりかけるあたりから、長いあいだつきあっていました。花ちゃんを大切に思うこと以外では、もうすっかりお父さんとお母さんの関係は終わっていたんです。そして私は、実は、その頃からずっと、お父さんとつきあっていたんです。私はお父さんの愛人だったんです。そのことをあなたのお母さんは多分一生知らないままでした。ごめんなさい。彼の借金が全てきれいになり、花にこのことを告げるまであなたのお母さんには言わないということは、私が本気で決めたことだったので、そして言わないままあなたのお母さんは亡くなってしまったので、こうなってしまいました。そして私は今も彼といっしょにいます。」

私はびっくりして奈美おばさんを見て言った。

「それもまた、まさかの現在形ですか？」

奈美おばさんはうなずいた。

「もしかして……たまに外泊するときには、私の父に会ってるんですか？」

私は言った。奈美おばさんはうなずいた。

「お父さんは今、少し離れた鴨川(かもがわ)に住んでいます。」

うわあ、困ったことになったな、と私は青ざめた。

しかし奈美おばさんのその瞳の曇りのなさに、私はこの恋愛はほんものなんだと確信した。さあどこまででも掘ってみろ、という静かな自信を感じたのだ。

私がなにを言おうと、彼らはずっと愛し合っていた。それならもうしかたがない、私はすぐに切り替えた。

この切り替えの天才的な早さ、悪く言えばあきらめの早さを、私の愛する人たちは評価してくれたのだろうか。

「だから、父は私の養育費を今も払っているんですか？」

私は言った。

奈美おばさんはうなずいた。

「それは……かなり驚いたけど、なかなかできることではないですよね？　じゃあ、ふたりはなんで結婚しないんです？」

私は言った。

「借金から逃げたままうやむやにしていることがいくつかあるから。お店を整理したりして、ほとんどは返したの。あと、私がまだ彼がやっていた関連の会社にいるから、差し障りもあろうということでね。まだ全部借金を返し終えていない知人や、行方の知れない人がいたりするし。もうみんな許してくれているけれど、ほんとうにきれいにしないと花ちゃんの前にも出られないって、お父さんは言う。」

奈美おばさんは言った。

「なんで私に言わなかったんです？」

私は言った。

「花を守らないといけないから。」

奈美おばさんは言った。

「奈美おばさんこそ、独身でまだまだ美しいのに、私の父でいいわけですか？」

私は言った。

「うん、私は全然かまわない。私はこの生活が好きだし。ゆくゆく彼を介護するような段階になったら、このことを打ち明け、花に会わせることを考えようと思ってた。私は別にそれでいいの。そこまでのんびりしていようと思って。そこまでいったら会わせないとしかたないし。」

　奈美おばさんは微笑んだ。

「実は……お父さんは今、私の籍に入ってる。だから、結婚していると言えばしているの。名字を変えたかったこともあってね。それで、あなたが戸籍謄本を必要とするときが来たら打ち明けようと思っていたけれど、思いのほか、機会がなかった。」

「ええ？　じゃあ、奈美おばさんは、つまり私の義理のお母さん？」

　私は言った。

「そう思うとめぐりめぐってこれもわりと普通の設定だよね？」

　奈美おばさんは言った。

「いや、絶対に！　違うと思います……。特に言う順番が！」

　私は首を大きく振って言った。

「ごめん、ごめん。連続でいろんなショックを与えて。どうかゆっくりいろいろ考えて。私、きっと今日の前にいないほうがいいよね？　もし話があったらいつでも部屋に来て。」

奈美おばさんはさらっと言って、すっと立ち上がった。まるで話を断ち切るように。そして言った。

「こういうことを言うのはあんまり趣味じゃないんだけれど、お父さんはあなたのようすをいつも聞きたがる。私を通じてあなたといられることを心から幸せに思ってる。だからいつも最近の花の写真を見せる。ずっとそうしてきたんだ。彼はあなたに興味がないわけじゃない。愛してないわけじゃない。」

「……父の愛人、いや正妻にそんなこと言われたくないですよーだ。」

私は笑いながら毒づいた。しかし不思議なことに心の中には毒は全然なかった。透明で、優しい気持ちだけがあった。

思ってもみなかった自分の感情が奥からごそっと出てきたのは確かなことだったのに。父を愛おしくありがたく思う気持ちと、奈美おばさんが父と寝ている気持ち悪さと、長年黙ってふたりで私を守り、手柄をみんな母にあげていたその大きさみたいなものがいっぺんに押し寄せてきて……そして去っていった。

まるで列車が去っていくみたいに勢いよく去っていったのだ。

後には私がひとりぽつんと残り、なぜか笑っていた。すっきりしたと笑っていたのだった。

さすがに黙っていた奈美おばさんに向かって、私は優しい気持ちのまま続けた。

どうしてこの人を憎めようか、だまされたと思えようか。

自分の人生を、まるで鶴が羽根を抜いて織物を作るように私に与えてくれた人を。

「先ほどから、実はうすうすそのことを理解してました。もう少し若かったら理解できなかったかもしれないから、今聞いてほんとうによかった。私は今まで通り、お父さんに偶然以外でわざわざ会う気は一切ない。いつか結婚式とかするならもちろん出ますよ。そしてお金のことは知らなくてごめんなさい、感謝してますと伝えてください。あと、奈美おばさんに長くつきあって結婚した夫がいることは、掛け値なくすばらしいと思う。そこにはなんの問題も感じないし、それからもしふたりで住みたいのであれば、いつでも私を追い出してもらっていいんです。今はこんなふうにしか言えないけど、いいですか？」

私は言った。

奈美おばさんはむりに微笑みを作って、涙をこらえながら言った。

「花、あんたはすごいよ。なんだかすごい。まさかこんなこと全部話せる日が来るとは思わなかった。楽にしてくれて、ありがとう。私、すごく楽になった。でもほんとうにむりして受け入れようとしないで。私たちにはまだ、モヤモヤすることができる時間はたくさんたくさんあるの。」

あまり感情をおもてに出さない奈美おばさんにしては珍しかった。

そのべたべたしていないところをやっぱり好きだと思う自分がいた。

私たちは素っ気ない暮らし方とはいえ、体の言葉で長い時間をかけてお互いのリズムを、丸ごとの存在をわかりあってきた。その重みを超えるものはなにもなかった。

「ありがとう。」

奈美おばさんはもう一度そう言って、そして続けた。

「あなたは気づいてない。あなたはいつだってそうやって、ほんとうはもう最悪になりうるものごとをその小さな体でぴたっと止めて流れを変えているの。ここに暮らしたことも、お母さんの人生をあんなふうに受け入れて仲良くしてあげられたことも、みんなすごいこと。しかも全くむりをせずに、まるで武道の達人みたい。あなたが密(ひそ)かになしとげてきたことを誇らしく思ってください。」

「自分ではわからないんだけれど。しかもふられたけれど。」

私が当惑していると、

「だからね、私、許せないよ。そんな花のすごさをわからないような男はこっちから見限ってやれ。」

奈美おばさんはそう言い放って、自分の部屋にそっと帰っていった。

めったに感情をあらわにしない奈美おばさんがそんなことまで言うなんて、もともと彼を嫌っていたとはいえ、そのはっきりとした口調に私は驚いた。

そして痛がゆいような嬉しさが私の胸にわいてきた。ひとりの大切な、将来を共にすると思っていた人を失ったけれど、そのおかげで自分がどれだけ周りの人に思われているかわかったというわけだ。

あいた隙間には必ずなにかがこうして入ってくる。

いつだってそうだ。悪いことの半分はいいことでできている。見つけることができるかどうかだけだ。

私は家族を失くした体験のおかげで、それをずいぶん早くから見つけられるようになった。

それを知るにはきっと、花子さんは小さすぎたんだ……もしも私たちが小さい頃に会えていて、あんなふうに仲のよい友だちだったら、話し合えたのに。生き延びる方法をきっと教えてあげられたのに。そう思ったら、切なくなった。

そしてこれまでに見てきたいろいろな奈美おばさんの姿が、私のまぶたの裏に次々浮かんできた。どれもにおかしな色がつきようがないほど、はっきりしていた。

私には恋人がいる、その人と別れる気はない、でもあなたと暮らしている、そういうこの人生を肯定している、もしも言葉にするならそれはそういうものだったことを私はずっと知っていた。

意識していなくても、自分の中のほんとうに深いところが、わかっていたような気がした。私の「お母さん」という部屋には、とっくに奈美おばさんがいたということが。若く美しかった母の姿だけが、悲しくかすんで見えてきた。なんだ、ほとんど偽装夫婦だったのか、もはや。あの頃もすでに。そう思ったら、不思議とあのすっぱりした別れも納得できた。内側から叩かれた鐘みたいに、頭の中も体もわんわん鳴っていた。今まで思っていた世界と成り立ちが全く違っていたから。あんな浮ついた父なんかをちゃんと愛して長年つきあってきたなら、そして父が奈美おばさんだけは離さなかったのだとしたら、そこにはなにか確かなものがある。自分だけががんばってきたと思っていた自分のプライドはずたずたに傷ついたけれど、ここで気持ちをゆるめたらこれまでのことがみんなむだになる、と感じて、その確かな光だけを私は捉えていた。

よく見ると、砂漠のオアシスみたいな豊かなものをその小さなものから感じた。

私はその中で実はぬくぬくと守られて、寝かせてもらっていたのだ。

ほんの短いあいだひとりだっただけで、私はある意味では普通の家の幸せな子だったのだ。

私はぼんやりといろいろなことを思い浮かべていた。

ここが格安の事故物件でも、父がちょっとした犯罪者でも婿養子でも、奈美おばさんが元愛人でも、ふたりが男と女としてどうしても離れられないだけだったとしても、私がふたりに守られ母がそのことを知ってか知らずかわからないが、とにかく黙ってきたことには変わりない。

自分の危うい存在感の理由が奇妙な確かさをもって迫ってきた。

もやの向こうにあったいろんなことが、クリアに見えて腑に落ちた。

これからどうやって生きていこうか、そのことに少しだけ光を分けてもらったような気がした。

花子さんがここで死んだ、そのことの重みもやっと理解できた。夢を見ていたわけは、私の思っていたみたいなほのぼのしたものではなかった。彼女には伝え残したことがあって、それを伝えられる人として私に必死でアプローチしていたのだ。

今日からはリビングにいつも花を絶やさないようにしよう。もう遅いかもしれないけれど、そうしたいと私は思った。

まだしばらくはここで暮らしそうだが、なるべく寄りかからず、いつか奈美おばさんと父が暮らすようになったとき、自立できるようにしたいと。

いつも結局こんな感じで、風の中でたったひとりぼっちになる。

しかし慣れているのでどこか心地よい。淋しさのカーテンの向こうに無限の世界が広がっている。

視界が開けてなにもかもが冴えて見えるし、体も研ぎすまされている感じがする。他の世界を知らなくていい、大人になる道筋も狂っていてもいい、この世にたったひとつ、私の場所にいればいい。

この前まで背負っていたお荷物はもうおろしてしまった。もう体の弱い彼に気をつかってゆっくり歩かなくてもいい。もう捨てられただけの子じゃない。お父さんはまだ私の面倒を見ていた。私は単に義理の母と暮らしているだけ。

世界が急に腕を広げて私の引け目を包み込んでくれたように思えた。

ショックよりも、怒りよりも、それが大きかった。

あとから怒りがわいてくる可能性も高かったからまだ油断ならないけれど、目が開いたような感じはまだ残っていた。

母はもちろん奈美おばさんと父の関係にうっすら気づいていたからこそ、私をそのふたりに託すような気持ちで、私と奈美おばさんから離れていったのだろう。

あの寝袋に入った梨の妖精のぬいぐるみには、母のもっともっとたくさんの気持ちが込められていたに違いない。私が母の伴侶を父と呼ばないことを選択した哀しみもたくさんあったのだろう。

きっとだれもがなにも間違っていなかったんだと思う。

そして現実は収まるところに収まった。

ずっと私のへんてこな人生が奈美おばさんの足を引っ張っているのではないかと心配していたから、この全てに理由があったことと、それを奈美おばさんが私にずっと黙っていて、感情を一切たれながさなかったことのすごさに圧倒されていたのかもしれない。

そんな奈美おばさんの気持ちに対しても、私は花を飾ろう。

そう思ったら、俊介さんと別れてはじめて気持ちが明るくなった。

人生が全くとどまらず川みたいに流れているのを切実に感じた。私は自分に見える景色しか見てこなかったが、俯瞰するとそこには違う世界が見えた。それならばもっと遠くから、もっと大きな理を見たい、その獰猛な心が抑えきれないくらい、世界の姿はまた急に変わった。

ちょうど船橋に移住したときみたいに。

私の胸はあのときと同じくらいにドキドキして、そしてどうしようもない悲しみの中に新しいなにかの匂いをかぎわけていた。

大雪の中にかすかに春の香りを見つけるときのように。

後になって見えてくる絵がある。そのときにはわからないで直感だけが小さな芽を見せてくれることがある。今、私はやっとここに来た流れの全てを理解して、人生の妙を感じていた。


仕事帰りに花子さんのための花を買っていたら、ふと母にもお供えしたくなった。

昨日の話を聞いて、母があえて選ばなかったいろいろなことを供養したい、そんな気持ちになったから。

お墓に行くには遅すぎる時間なので、私は地下鉄に乗って亡くなった母の家に向かった。もし義父や妹がいたら家にあげてもらって、せめてお線香をあげたいと思った。

命日でもなんでもなかったけれど、奈美おばさんの話によって私の中の母に色がまたひとつ加わって深みを増していた。黙っていてくれたことに、ありがとうと思った。母が奈美おばさんを悪く思っていないことは、いつもさばさばしていた態度から伝わってきていた。奈美おばさんがいなかったらすんなり再婚できなかったから、きっと感謝さえしていたと思う。

それでも複雑な思いはあっただろう。父も私も奈美おばさんの元に残して、潔く別の人生を歩んだ母の決心の重みをまた嚙(か)みしめた。

あの日泣いていた母をいっそう愛おしく思った。

思い出に意味の色がついて、いっそう鮮やかによみがえった。

当時は思い出すのもつらかったあの雨の日が、歳を取るごとにいちばん美しく優しい色の、いちばん何回も思い出したいものに変わっていく。

なんて美しい魔法だろう。

都内の、渋谷からそう遠くない場所で母はずっと暮らしていた。スーパーとユニクロといくつかのお店やコンビニエンスストアがあるすぐ裏の、駒沢公園の裏口まで一本道のあたりの住宅街に、その小さな家はあった。

そこは、若いときは父と大きな家で浮き世離れして暮らしていた母がずっと住んでいたとは思えないほどの小さな家だった。となりの家との距離も全然ない。窓の外がすぐとなりの家の壁だ。庭もほとんどなかった。門の脇に申し訳程度につつじが植えてあるだけだった。もともと土いじりにはなんの興味もない人だったな、と細かいことを思い出した。そういうところも懐かしかった。

そしてこの道を私の知らない別の家の主婦としての母が毎日歩いていたのだと思うと甘酸っぱいような気持ちがしたし、少しだけ胸が痛んだ。

少しタイミングがずれていれば、私だって今夜笑顔でこの家のドアの中に帰ってきたかもしれない。私は義理の父と妹と共にわいわいとここに住んでいたかもしれなかったのだ。

私は首を振った。ないない、それはない。それは私の人生ではない。どうしてだかさっぱりわからないが、そうだったのだ。

それでもまるで現実離れした生き方をしてきた私に、この小さな家が現実をつきつけてきたように思った。

夕闇に浮かび上がる窓明かりの中に、お母さんの夫と義理の娘の影がちらちらと見えた。母を含めた三人家族の名前がまだポストに書いてあった。私はそこにそっと触れた。なじみのない名字の下の母の名前は今もなお幸せそうに輝いて見えた。

家の中から聞こえてくるＴＶの音や夕餉(ゆうげ)の支度の平和な物音を聞きながら、私はやはり寄らずに帰ろうと思った。今のここには私の居場所はない。きっと寄れば喜んでくれるだろうけれど、私がほんとうの笑顔をあげられない。妹は私の顔を見て、なにかあったの？　と心配するだろう。

玄関にメモと花をそっと置いて、手を合わせた。

私の人生がまたなにかひとつ新しく変わる、そういう行動だと思っていた。私の人生はとても悲しいところもあるけれど、なんとたくさんのものとつながっていたのだろう。

過去を弔う仕事とはみんなそういうものだ。

この家族がこれからも安らかでありますように、と私は住宅街の空や木々に向かって思った。

その願いは風に乗って、大きく広がっていくように思えた。胸がいっぱいになった。星たちが重力を保ってつながりあっているように、私もたくさんの人たちとつながりあってここまで歩いてきたんだと思った。この家族は母を失って悲しみを抱いているのだから、どうかしばらくはそっと、そっと優しい道を歩めますように。

空を見上げると、星がちらちらとまたたいていた。

母の足跡をなぞるように、私は歩いていった。母は私のことをしょっちゅう思い出しただろうか、ここを歩きながら。唯一の得意料理だったオムライスを、あの家族にもたくさん作ってあげただろうか。いつか妹といっしょに作って義理のお父さんに食べさせてあげたら、喜ぶだろうか。

そんなことを思うと、母が亡くなったことで、義理の父と妹とほんとうの家族ではなくなってしまったようで、母の不在を強く感じた。

あのドアの向こうに母がいたら、どんなにいいだろうと思った。

家の中に入って、いつものように母に聞いてもらいたかった。失恋したこと、結婚しそびれたこと。母に私の要領の悪さを怒られたかった。

義父は聞いていないふりをしながらところどころ聞いて、悲しそうに眉をひそめ、とっておきのウィスキーを出してくれるだろう。妹は元気出して、と面白いマンガを貸してくれただろう。あのほんものの団らんの中に、母がいなければ私は自然な形ではもう戻れない。

もう少ししたら、昼間に明るい気持ちで遊びに来よう、そう思った。きっと花を見た妹からメールが来るから、そのときに日にちを決めよう。私はもう休日時間がたくさんできてしまったんだもの。ここに住むふたりに会える時間だってできたんだ。

失恋して心細いからか、私は涙ばかり流していた。

肌寒い春先の空気に触れる頬は、このところいつも濡れている感じがした。

なるべく感情を波立てないように、それからしばらく私はそうっと暮らしていた。あまり考えず、悲しい本も読まず、時間が少しでもたつのを願ってそっとそっと。

そうしている間に、すっかり季節は春の色を増していった。

義理の妹から来たメールに返事をして晩ご飯を食べる日にちを決めたり、リビングに飾る花の水を換えたり、なにごともなかったかのように奈美おばさんと話したり、週末父に会いにいくであろう奈美おばさんになにも言わないで、でもにやにや笑って見送ったり……どんなにからかっても奈美おばさんはまっすぐに私を見てクールにうなずいた。そのようすはまるで熟練の女スパイのようで、ほれぼれした。

なんだ、私、なんとも思ってないや、このことを。どこかでのたれ死んでしまっているのではないかと思っていた父が元気であることを、少し憎たらしいところもあるけれどとてつもなく嬉しいと思っていることに気づいた。心の重しが取れたのを感じた。

だから、このままなんとなく時間が流れてくれるのではないか、と希望を持っていた。はなから俊介さんとはつきあっていなかったような、こんな穏やかな日々に慣れるのではないか。

夜もメールを見ないでふとんにもぐりこむようにもしていた。それは順調な試みに思えたのだ。

しかしそうはいかなかった。

その夜、私はいつものように、奈美おばさんの好物のキャベツのお漬け物を買いに、駅前のシャポーの地下のスーパーに行った。

いつものお漬け物を見つけて手に取り、ふと顔を上げた私は、生鮮食品の売り場に俊介さんと早川さんがいるのを見つけてしまった。

早川さんは私がいつも使っていたあけびのつるで編まれた買い物かごを持っていた。それはやはり私よりもずっと早川さんに似合っていた。ふたりは笑いながら貝や魚を選んでいた。ねぎや春キャベツもあった。きっと俊介さんの大好きな春の具材の鍋でも食べるんだろう、あの懐かしい部屋で。

私の心は一瞬で氷みたいに冷たくなった。この世にいたくないとさえ思った。

こんな普段着の冴えない顔で、存在していること自体が悲しかった。

俊介さんは彼女を見て笑っていた。なにかいい匂いのする新しいものをかいでいるみたいな笑顔だった。ついこのあいだまで確かに私に向いていた笑顔。それは今や全身全霊をこめて彼女に向いている。

私は悟った。

ある意味、だれでもよかったんだ。私でなくても。だって、全く同じことを別の人としているんだもの。

彼はきっとそうやって人から力をもらわないと、生きていけない人なのだ。

とても悲しかったし、ショックだった。

売り場が白く光ってにじんで見えた。私はどこに行けばいいんだろう、と思った。お漬け物を持ってスーパーの通路にひとりで立っている私。だれが私を見てくれるっていうんだろう。きっと私はもう幽霊になっちゃったんだ、だから互いを見つめ合うので精一杯の彼らも当然私に気づかないんだ。そう思った。

駅の反対側に出て、からくり時計の下にしばらく座った。

ひとりの家に帰りたくなかったけれど、幸子は両親と温泉に行くと聞いていたので、今夜はどこにも寄れなかった。

お酒でも飲もうかと思ったけれど、店の中はどこでも明るくにぎわいみんな楽しそうだった。比較的静かそうなドラフトビールの店を見つけたので私はぼうっとしたまま入り、スーパーの袋を傍らに、路地裏にあったＨＯＰという名前のすてきなお店で、深いソファに沈み込みながら濃い茶色のビールを一杯だけ飲んだ。その生きているみたいな深い味に私は少しだけ生き返った。

それまでどこをどう歩いたのか、よく覚えていなかった。お店の人がひとりで来た私にとても優しかったことだけ覚えている。

裏道を通り家に帰る道をたどっていたはずなのに、いつのまにか知らない路地にいた。そんなに細い道でも入り組んでいるわけでもないが、めったに通ることがないところだった。駅を挟んでうちからそう遠くないのは、目印になる駅前のビルがうちのマンションとそんなに違わない角度で見えたからすぐわかった。

大きなマンションから見える道はたまに奈美おばさんと卵焼きやまぐろを買いに行ったり、市場の人たちが集う食堂でおじさんたちに混じってアジフライを食べたりする公設市場に通じている、海老川沿いの遊歩道だった。

ほんとうに、ここに来てから私はなんて豊かに暮らしているんだろう、少し酔った頭でそんなことを思った。海があって、川があって、おいしいものもたくさんあって、東京よりも人がせかせかしていなくて、優しい言葉をかけられることが多いこの街。

ああ、今いるところはここだったのか。それなら少し遠回りして帰ろう、そう思って暗がりできびすを返し戻ろうとしたとき、ふっと、今まで目の前にあったものの中になにか気になるものがあった、と思った。

ちょうどだれかが私を見ているような、そんな感覚だった。

だれかにこの話を聞いた、いつも見ていてくれる、上からだれかが。だれから聞いたのだったか……そう思って見上げたら、その背の高い木の大きなふしと目が合った。ちょうど私を見おろすように、木の上のほうにあるふしがまるで目のようにこちらに向いていたのだ。

ああ、びっくりした、木だったんだ。

暗がりでどきどきしながらも、私ははっと気づいた。そうだ、この古い日本家屋……そして桐の木。

表札を見たら、松本と書いてあった。

私はこの家を描いた絵のことを鮮やかに思い出した。

これは、花子さんのお父さんの家だ。ほんものだった。絵ではない。ほんとうにあったんだ。

私はしみじみと桐の木を見上げた。まるで自分が幼い頃に遊んだ場所のように。

この木には、花子さんの大切なものが隠してある、それを私は知っていた。

この家の人に伝えなくてはいけないことがあることも、私は思いだした。

私にはまだやることがある、くじけていてはいけない、そう思った。

桐の木も私を励ますように、闇の中で力強くそびえていた。

家には玄関の外の街灯以外の明かりがついていなかったので、松本さんは留守と思われた。昼間に必ず訪ねて来よう、と私は思った。涙はすっかり止まっていた。みじめさも減っていた。

花子さん、ありがとう、と私はつぶやいた。

あのふたりを見かけたからこそ、見つけられたんだ。

またそんなふうにぼんやり思った。涙で街灯の明かりがにじんで見えた。

そのとき、ほんとうに夢のようにドアが開いた。暗い家の中から男の人が出てきたのだった。長さいふを片手に、つっかけを履いて。

私が絵の中でしか見たことがない、いつも閉じているドアだった。だから開いたときは夢の中にいるようで、かえってなんだかぼんやりとしてしまった。全てがやけにゆっくりに見えた。

「あの……」

私は言った。

その人は驚くこともなく、すうっと立って、私をじっと見た。

松本さん。……彼は花子さんのお父さんだった。夢で見る花子さんに目元がそっくりだったから、昔から知っている人のような気がした。四十代後半か五十代前半の、果てしなく地味な、しかし妙に目がきれいなおじさんだった。

そして彼はやはり、私の知っている夢の中の花子さんによく似ていた。それがなによりの証拠だった。

なんて悲しい目なんだろう、と私は思った。

吸い込まれそうな目だった。薄茶色の光の中には深い悲しみがたっぷりとたたえられていた。私がなんとかしなくちゃいけない、今、この悲しみを少しでも変えられる可能性を私はこの手に握っているんだ。

言葉としてではなく、そう思ったのでやっと現実に戻ったような気がして、ちゃんとした声が出た。

「あの、突然にごめんなさい。住所がわからなかったこのおうちを偶然に見つけてびっくりしているんです。私は立石花と申します。グランドフォレストの３０１に今住んでいると言えば、お心当たりがあるでしょうか。」

私は言った。

松本さんは、ああ、と言ったあと懐かしさと悲しさの入り混じった不思議な表情になった。その笑顔はまるで夕暮れの山々のようにはるかな美しさをたたえていた。

夢を見ているような顔をした人だ、と私は思った。

そして当惑した。なにから話すにしても、現実の初対面のご近所さんにいきなり話すようなことではなかったからだ。

「ええと、そのことで、なにか困ったことがおありですか?」

松本さんは少し優しい声で言った。

そして私は見た。希望が一瞬のうちに彼の瞳に激しく灯ったのを。

「もしかしたら、花子を知っていた方ですか?」

それを聞いたとたんに、私の目から、涙がどっとあふれだした。さっき別れたばかりの娘の話をするように花子さんの名前を呼ぶ彼に、このことを告げるのがどれだけ大変なことか、私にはわかったのだ。

「ごめんなさい、そこを言わなくちゃいけなかったです。そうではないんです。でも、ある意味友だちではあるんです。私、あのマンションで、花子さんと同じ部屋を使っているんです。」

私は言った。

松本さんの目からも涙がどっとあふれだした。

初対面でこんなふうに感情を出し合うなんてなにかがおかしいと思った。でもお互いの間にある花子さんの面影が、涙を勝手に流させていた。そういうこともあるのだ。

「そうですよね、もうずいぶん長い時間がたっているのだから。」

松本さんは首を振った。そして涙がいっぱいの目で少し笑った。

そうしたら突然に同じ人を好いている人たち特有の温かい雰囲気が生まれた。スープがだんだん温まって最初の湯気が出るときのように、花子さんの面影がふわっと香りたったのだ。

「天井裏かどこかから、日記かなにかが見つかったんですか？」

あ、この考えの素早い組み立て、私にとって幸子のいちばん好きなところに通じる。この人はとても頭のいい人なんだ、と私は思った。

そして言った。

「あの、信じてもらえないかもしれないですが、一度だけ、花子さんと電話が通じたんです。」

「え？」

松本さんは言った。そして急に私に向けて、とても優しい目をした。

「それはつまり、死んだ人と話をしたっていうことですか？」

疑っているから優しい気持ちを見せたのではなく、きっと彼女について話せることへの感謝の気持ちなのだと私は思った。私への感謝ではない。もっと大きなものへの漠然とした思いだった。

そして忘れかけた傷がよみがえった瞬間でもあったと思う。

「ごめんなさい、この話はちょっとむつかしくて……。」

私はまた涙ぐんでしまった。

「心中なんてぶっそうな話の関係している話で、初対面の僕の一人暮らしの家に急に入ってもらうわけにもいかないから……もしよかったら、近所のお店で話しましょうか？」

松本さんは言った。

「夕食どきですが、もしおうちで問題がないなら、よかったらですが、なにか軽く食べませんか？　僕は今からごはんを食べに行こうとしていたのです。」

「なにか食べることができるかどうかわからないくらい緊張しているんですが、そうできたら、ありがたいです。一言で言えるようなことではなくて、自分でもこのことを信じてもらえる自信がないくらいなんです。」

そこからすぐ近くに、カウンターで飲んだり食べたりできる、有名なお店があった。梨の妖精をかたどったパプリカが載っているすずきめしというごはんもので有名な、和食－場－冠（バカム）という変わった名前のお店だった。

　私と松本さんはそこに入って、カウンターのＴＶの下の席に座った。ＴＶでは普通に夜の番組をやっていて、私は自分の泣きはらした目が少し恥ずかしくなった。

　松本さんの行きつけのお店らしく、彼はいつもの感じですずきめしを頼んだ。

「うちの花子は梨の妖精が大好きだったんですよ。だからたまにここにおじゃますると、いつもこれを頼むんです。」

「私も、ふなっしーが大好きです。」

　私は微笑んだ。そして続けた。

「花子さんは、いつも絵に梨の妖精を描きこんでいました。」

　松本さんは不思議そうに私を見た。

「確かにそうでしたよ。いつも自分のことは描かず、梨の妖精を必ず描いていたんです。でもなぜ知っているんですか？」

「花子さんとは夢の中で、いつもいつもいっしょにいたんです。」

　私は言った。また涙がこぼれた。花子さん、今、私はほんとうにあなたのお父さんといっしょにいます。とても信じられないことだけれど、もうすぐあなたの言葉を伝えることができる、そう思ったら泣けてきたのだ。最近の私は、人生でいちばん泣いている。

まるできちっとしまらない蛇口のように、いつもまぶたのところに涙がたまっている。

「不思議なことを言う、不思議な人ですね。」

松本さんは言った。

食欲が全くなかったので、白ワインを一杯頼み、ライスコロッケを少しだけもらうことにした。

松本さんもかなり少食と見えて、その体はがりがりに痩せていた。彼はビールを飲みながら、自分で頼んで私に分けてくれた残りのすずきめしをちびちびと食べていた。彼にはあまりお金がないのかもしれないな……と私は思った。彼の服は清潔でぱりっとしていたけれど、なんとなく古びていたからだ。

それでも、知らない人といるときの緊張感がほとんどなかった。そう言えば、幸子とはじめて会ったときもこんな感じだった、と私は思いだした。ほんとうに縁のある人とは、夢の中やイメージの中でもう出会っているものなのかもしれない。

私は少しずつ、順を追って話しはじめた。

私が船橋に来て、あの部屋に住むようになった理由……事故物件で格安だったから住めたということ。ふられて泣き寝入りしていたら、夢の中で壁に字が見えたこと。夢の中の電話でかけてみたら、花子さんが出たこと。

花子さんには越して来てからずっと夢の中で会っていたから、話ができたことを私は特に不思議に思わなかった（このへんを話すとき、頭がおかしいと思われて当然だと思い、さすがに冷や汗が出た）。そのときに花子さんから伝言を頼まれたことも、その内容も、私はなるべくゆっくりと話した。

松本さんはそこで「うーん」と首をかしげて眉間にしわを寄せていた。そして私が一気に話した喉の渇きから水を飲んでいたら、やっと口を開いた。

「あなたの家で、娘が死んだということ……それはニュースになったような大きなことだから、近所の人はまだまだ覚えている。だからもちろん疑うことだってできなくはないんです……でも、僕はあなたを信じます。なによりも、花さんは亡くなったお母さんからもらった梨の妖精のぬいぐるみをとてもだいじにしていたんでしょう？　そこが花子と全くいっしょなんです。僕も花子がいちばんだいじにしていた、僕がプレゼントした梨の妖精のパペットを形見にもらおうと思っていっしょうけんめい探したけれど、遺品からそれだけが見つからなかったんです。花子はどこに行くにもそれを持っていました。学校にも持って行っていました。だから、そばにないはずがなかったんです。それがすごく心残りでした。心残りなんていう軽々しい言葉が使えるようになったのは、最近です。全てが言葉にできない感情に満ちて僕を支配していました。でも、梨の妖精のパペットのことは、そのパペットに手を入れて動かしている花子の笑顔といっしょに、ずっと心に引っかかっているんです。」

「あの、そこがいちばんだいじなところです。花子さんは、こう言っていました。それを松本さんの家の桐の木の下のほらに埋めたと。だから、できれば取り出してお父さんに受けとってほしいと。だから、私に伝えたと言っていました。」

私は言った。

「同じように梨の妖精を心の支えにしていた女の子たちが同じ部屋に住んでいたから、不思議な通路みたいなものができたんだと僕は想像します。いや、するようにします。そのほうが、少しだけ幸せだから。自分の中の罪の意識が消えることはないし、一生僕は元には戻りません。この傷をむきだしにしてただ生きられるだけ、生きていきます。でも、花子が今いい状態にあるという言葉が、どれだけ僕を慰めたか、そして疑いたい気持ちも、自分をもっと罰していたい気持ちもたくさんあることも、お伝えできないほど重いものとしてここにあります。だから、今はなにを言っていいか、わかりません。これが初対面のあなたに、まだ充分整理できずに僕が言える全部です。」

松本さんはとめどなく泣いていた。言葉は冷静なのに、目からは涙が流れていた。彼は幾度も鼻水をふき、また泣いた。

「あの……。」

　私は言った。

「信じてくださって、ありがとうございます。そして花子さんは、家出してお父さんと暮らすためにお金をためていて、梨の妖精の人形がそのお金を守ってくれるって、信じてました。だからいっしょに隠したんです。」

　私の耳にまだ残る彼女の声は、世にも悲しく震えてかすれていた。あの声の人は、心から愛するお父さんがいるのにたった十歳で死んだのだ。

　そのことを考えるとただただ厳粛な気持ちになった。そして花子さんが言っていた、そういうたくさんの子たちのことを思った。私はただ運がよかっただけなのだ。ほんの少しなにかがずれていたら、そうなっていたかもしれない。

「僕はもちろんこのことを積極的に信じてはいないけど、詩人のはしくれだからこの世に起きるどんなことにも偏見は持っていません。そういうことができる人がいるということは知っています。」

　松本さんは言った。

「僕は花子の母親と若くして結婚し、そして離婚しました。花子はしょっちゅう僕の部屋に遊びに来ました。夜も帰ろうとはしませんでした。でも、そのことをもちろん母親が嫌って弁護士に相談しました。再婚相手がいたので、僕にはなにも言えませんでした。彼女が再婚してからは花子は来られなくなりました。僕はあらゆる手だてを使って花子と暮らせるように動いていました。それが花子の望みだったからです。最悪の場合、花子が自分で動けるようになるまで待つ気持ちでいました。でも、遅かったんです。

僕がそんなことをしていたら、傷ついた花子は言葉を失ってしまい、日々寝込むようになり、学校もやめてしまい、義理の父親とこじれて、ノイローゼになった彼に心中しようと言われ、殺されたんです。あなたがおっしゃる通り、花子の母親はその人と共に、ショックのあまり遠くへ引っ越して行きました。彼女の実家がある街に暮らしているらしく、彼のほうはずっと入院しています。元妻も今でも心のバランスがあまりよくなく、通院しているそうです。」

目から流れる涙をずっと抑えずに、松本さんは切々と語った。カウンターの上に涙が落ちた。お店の人は優しい目で私たちを見ていた。ただそれだけだったけれど、その気持ちはその優しいまなざしから通じていた。そういうところが船橋のいいところだと私は思うのだ。

「もしも花子を供養してやれるのなら、望みを叶えてあげられるのなら、それに勝るしたいことはこの人生にもうないほどです。」

松本さんは言った。

「松本さん、失礼ですけれど、今、お元気で暮らされてますか？　今、なにして生計を立ててるんですか？」

「親友がやっている健康のためのサプリメントの研究室で研究や事務の手伝いをやっています。そして依頼があれば自分の絵や文章を細々と売っています。ここは親から相続した持ち家なので、相続税や固定資産税はたいへんなものですが、幸い貯金もありましたし、男ひとりでいる分にはそんなにお金がかかりません。もう人生にはなにも残ってないのでこれでいいと思っています。僕が今生きていられることがいちばん情けないことです。」

「いいえ、それは違います。」

私の中に、なにかが入ってきて口がそう動いた。

あのかすかな声、切ない思いの面影が、私の中にふっと灯った。

あのとき、一瞬つながった魂がそう言っていた。

「花子さんはあなたがこの世に生きていたら、ほんとうにもう、なにもいらないんです。そう言っていました。それが人を愛するということだし、生きていようが死んでいようが、天国にいるということなんです。」

松本さんの目から、また涙がぽろっとこぼれた。

私たちは会計をして店を出た。

わりかんにしようと言ったけれど、松本さんはお礼に、と私の分を支払ってくれた。

ふたりで暗い夜道に出たら急に全てが非現実的に思えてきた。なんで私はここで知らない人と晩ご飯を食べているのだろう。それを言ったら、これまでの全てがみんな夢の中のことのようだった。

「松本さん、ひとつお願いがあるんですが。」

私は言った。

「なんでしょう？」

松本さんは言った。

「つらいかもしれないけれど、花子さんの写真を見せてもらえませんか？　私も確かめたいんです。」

私は言った。

「ああ……じゃあ、うちの玄関先に寄ってください。写真が飾ってあります。いっしょに暮らせなかったので、玄関にいつも花子の姿を置いて、行ってきますとかただいまとか声をかけているんです。花も絶やさずに飾っています。」

松本さんはかすかな笑顔でそう言った。

「おつらいでしょうに、ありがとうございます。」

私は言った。

そのありがとうは、私が近年発したありがとうの中で、もっとも純粋で、そして重いものだった。

「これが花子です。」

子猫を抱っこするように、大切なものを持つ手つきで松本さんは写真立てを持ってきた。その目の透明さに私はうたれた。私の失恋なんて、この人の味わった喪失に比べたらなんていうことはない、そう思えた。

今まで砂場にしゃがみ砂で遊んでいた私が、顔をあげて広大な海が目の前にあることに気づいた、そんな瞬間だったと思う。

そこにいたのは、私の夢の中に出てきた子と全く同じ顔をした女の子だった。

そんなふうに夢が現実になった瞬間を、私はまだ信じられずにぼうっとしてしまった。

私は言った。

「私、私の部屋で孤独な少女時代を送ったこの子のことが大好きです。私が淋しかったときと同じように、梨の妖精に話しかけてなんとかしのいでいたこの子が。きっと松本さんがおっしゃるとおりに、船橋に住む梨の妖精の存在が、あの部屋の屋根の下にいる孤独な私たちをつないでくれたんです。」

どんなにきつい思いをしていたのだろう、あの部屋で。

私のきつさが彼女の遺(のこ)した思いとシンクロするまで、どれだけの時間がかかったんだろう。

「あなたはそんなに孤独なんですか？」

松本さんは言った。

あまりにも素直な質問だったから、私はびっくりしてしまった。小学校の同級生の男の子に聞かれたみたいだった。

「いいえ、今は孤独ではありません。」

私は微笑んだ。

「越してきたとき、きっと私はすごく淋しかったんです。自分が淋しいということにも気づかないくらいに。気づいてしまったらおしまいだったというくらい。だから花子さんが夢に遊びに来てくれたんだと思います。でも、もう大丈夫です。」

「もしよかったら、今からその、花子の形見を取り出すのをいっしょに見ていてもらえませんか？　そのほうが、花子も喜ぶと思うんです。」

松本さんは言った。

「こんなに暗いのに？　今ですか？」

私はびっくりした。

「一刻も早く助け出してあげないと、花子が悲しむと思うので。」

そう言って、松本さんは玄関の古びたげた箱から、大きな懐中電灯を取り出した。

「ああっ、電池にみそが！　ちょっと電池を取ってきます。」

松本さんは言った。

その言い方を父と暮らしていた頃以来久しぶりに聞いた。電池が古くなってさびが出ているときの言い方だった。私は父が懐かしくなった。そんなふうに言っていたっけ、あんなに忙しいお父さんだったけれど、電池を替えたりはしていたんだな。

松本さんの家は、昭和のまま時が止まっていた。花子さんの写真、私もよく知っているあの、この家を描いた花子さんの絵が額縁に入って飾ってあった。絵の中にはちゃんと梨の妖精もいた。この絵、ほんとうにある絵だったんだ、と私は感慨深く眺めていた。花子さんがいたときをそうっと保存するように、この家は時を止めているんだな、と思った。

私たちが見つけに行くのは死んでしまった女の子が命がけで遺したものなのだ。どんな宝物よりも重く暗く取り返しがつかない。たとえそれがあっても、なにも戻ってはこない。

よく見えなかったが、庭はとてもよく手入れされていた。

ブーゲンビリアやクレマチスや梅やアロエ……いろいろなものが美しく共生していた。

いちばん大きなその桐の木には確かにたくさんのふしがあった。

松本さんと私は真っ暗な庭のはじに行き、懐中電灯で照らす役を私がすることになった。役立ててよかった、と思った。

近づいて見ると、幹に苔(こけ)が生えていて根っこは深く遠くまで這(は)っていた。

「根の近くにほんとうにほらがある。」

松本さんは木の後ろに回ると、息をのんでそう言った。

愛する人がここに昔、手を入れた。幽霊でもいいから面影に会いたい人だ、そういう顔をしていた。祈る人みたいな顔が懐中電灯の明かりに照らし出された。

しかしそのほらには蟻だの樹液っぽい汚れだの蜘蛛(くも)の巣だのいろんなものがねっとりついていて、ぞっとした。半分溶けたかたつむりまで見えた。

松本さんはシャベルで少しだけ土を掘り、ためらいなくそこにぐっと手をつっこんだ。

「かなり深いな。」

「虫とかに触ってないですか？」

そのためらいなさに感動を覚えつつ、ぞっとして私は言った。

松本さんのひじのあたりまでがその穴にすっぽり入っていたからだ。

「そんなの全然平気だけど、なんか、奥で曲がってるんだ、この穴。うまく奥まで手が入るかどうか。」

そう言って、松本さんはさらに手を入れた。

「もしかしたら、俺の太い腕では入らないから、君の細い手の力を借りるかもしれないよ。覚悟しといて。」

「そこに手を入れるのはできれば避けたいです、がんばってください。よく照らしますから。」

私は言った。松本さんは笑った。

「あ、ほんとうになにかがある。小さい包みだ。」

松本さんは言った。宝物を見つけた人みたいに繊細な表情をしていた。

そして勢いをつけて手を奥に差し入れ、なにかを引きずりだすみたいな動作をして、真っ黒に汚れぬるぬるしたビニール袋を取り出した。

「あった！」

松本さんは言った。

「ありましたね。」

私はまたも涙がこぼれるのを抑えきれなかった。花子さんの伝言はやはりほんとうだったのだ。

松本さんはチノパンツのポケットからハンカチを出し、手をふいた。でもまだ手にはヘドロみたいなネバネバしたものがいっぱいついていた。私はバッグからウェットティッシュを出して渡した。

「ありがとう。」

松本さんは言った。

「全部使っていいですから。どうかその袋もふいてあげてください。」

私は言った。

桐の木に守られるように枝に囲まれながら、松本さんはていねいに手をふいて、そっと袋の表面をふいた。なにかの儀式のようだった。とても貴重なものを白い手袋をはめてはじめて取り出すときのような。

中から出てきたのは、手を入れて動かすことができる梨の妖精のパペットだった。ビニールに包まれていたせいかその本体はほとんど汚れていなかった。

「あ、ふなっしーだ。」

私は泣きながら微笑んだ。こんなときでも梨の妖精に出会うと嬉しかった。

パペットの後ろにある手を入れるところから、小さな紙の包みが出てきた。

松本さんは涙しながらそれを開けた。

小さく折り畳んだ三万円が入っていた。

「あの子は、これを持って、僕のところに全身で来ようとしていた。なんで、できなかったんだろう。もし来てくれたなら、もう決して帰さなかったのに。なんで神は守ってくれなかったんだろう。梨の妖精はどうしてそのときだけでもやってきて彼女を守ってくれなかったんだろう。」

松本さんは言った。

「でも、わかっている、何回考えてももうどうしようもない。神や妖精のせいにしてはいけない。それは人間のするべき仕事だった。あの子がせっぱつまっていることを知りながら、勇気を出して迎えに行かなかった僕が悪い。会い続けたらますます条件が悪くなり、花子を引き取れなくなるからと用心していた僕、いっしょに住めるようにこちらも弁護士さんを頼むのにお金の面でほんの一日ちゅうちょしてしまった僕が悪い。そしてそんなことさえ、悔いてもしかたがない。もう取り返しがつかないんだから。」

なんて切ない願いだったのだろうか、そしてそれは叶えられなかった。

周りを見れば、そんなことばかりだ。

家族で暮らしたいとか、いつまでもいっしょにいたいとか、声の小さい私たちの小さな願いは、世界の雑多な流れの中で少しタイミングをはずしてしまうだけで、簡単に埋もれてしまう。梨の妖精のかすかなきれいな光なんてすぐかき消されてしまう。

それでも、光がないわけではない。確かにある。そのことを信じ続けたいから、私たちは願い続け、妖精を愛し続けるのだろう。

汚れた手の甲で涙をぬぐって、松本さんは世界でいちばん貴重な三万円をポケットに入れた。

「このお金は、あしなが育英会に寄附します。」

「うん、きっとそれがいいって思います。」

私は言った。

「そうするなっしー。」

松本さんはパペットを手にはめて、梨の妖精のしゃべりかたの下手なものまねをしたあとで、梨の妖精のパペットに顔を埋めて、おいおいと泣きはじめた。

そんなにも小さく、少し古びたパペットが、この世でいちばん頼もしく優しいものに見えた。松本さんの顔のほうがずっとそれよりも大きいというのに。

時間が巻き戻せたら……私は、自分が後からこの街に来たことが悲しかった。花子さんが困っているときに、生きているときに会えたなら、力になれたのに。

私は松本さんの背中をぽんぽん叩いた。

見上げると、花子さんの住みたかった家は、そのシルエットを夜空にくっきりと浮び上がらせていた。やっと来ることができた、ほんとうにあったこの家。

その真っ黒い影はまるで神社のように、どこか神々しく見えた。

別れ際に真っ赤に目を腫らした彼は言った。

「いっしょにいてくれてありがとう。もう少し落ち着いたら、いろんなことのお礼になにかごちそうします。」

「そんなことはいいんです、ほんとうに、いいんです。」

私は言った。

「私が松本さんだったら……どうしているだろう、ほんとうにわかりません。たいへんなことを乗り越えてこられたんだと思います。」

私は言った。

「僕の中では時間が止まったままだったので、動いただけでも嬉しかったです。勝手に時間にたってもらうより他、なにも救いがなかったのに、こんな形でまた花子に会えたなんて。」

とにかくまた、とおじぎして、私たちは小さく悲しい冒険を終え、それぞれの家に戻った。

いつかいっしょに暮らそうと思っていた最愛の子どもが殺された。その人生を生きてきた人を目にしたら、自分も目をさまして変わるしかない。甘えていられない。

私にとってはこのできごとは、そういうできごとだった。

目を閉じると、木のほらから出てきた汚れた包みが浮かんでくる。そして汚れて擦り傷ができたどろどろの松本さんのひじのようす……。

あまりにもたくさんのショックなものを見た夜、私の心はどこかに飛んでいってしまいそうだった。薄く淡く、どこか遠くに。ぼんやりと空を見上げて思った。

花子さん、お父さんはあなたの遺した人形を、ついに手にしてぎゅっと抱いていました。私があなたにできたことはとても小さなことだけれど、つなぐことができてよかった、ひいてはふられてよかった。

きっと松本さんは今夜ずっと梨の妖精といっしょにいて、そして泣いているだろう。

それなのに申し訳ないが、私は少し清々しかった。もうきっと夢に花子さんが出てくることはないけれど、私はできることをした。幸子と同じくらい近い、お互いを慰めあって青春の時期を共に暮らした、実際にはいない、梨の妖精と同じような存在、でも大切な友だちのために。

私にとって花子さんはずっと、大島弓子さんの描いた名作『F式(フロイト)蘭丸』の蘭丸のような存在だった。私はその作品が大好きで、自分のお店にはなんとしても並べていた。初版はもう手に入らないときが多かったが、選集や当時の単行本や、とにかくいつも欠かさず置いていた。目に見えないけれど確かにいて、力をくれる存在、人生を救ってくれる存在のお話だ。

落ち込んでいるときに夢で花子さんと子どもに戻って遊べると、まるで充電されたように力に満ちて目覚めることができた。

きっと花子さんもずっと私を助けてくれていたのだ。

「もう新しい男の人と知り合ったの？　そしてお母さんができたの？　すごい変化。」

不思議なことを普通に受け入れてくれる幸子は、松本さんに関する一部始終と、義理の母になった奈美おばさんの話をしたら、そう言った。

「もしかしたら、俊介さんと別れたことで、花ちゃんの人生がほんとうに動き出したのかもしれないね。重しが取れたみたいに。あのままだったら、お漬け物になっちゃったかもしれないよ。」

「重しって……そんな言い方、あんまりじゃない？　でも、急にいろんなことが動き出したのは確かかもしれない。松本さんについては、もちろん恋とかじゃない、そんな浮ついた気持ちの入る余地がないような悲しいご縁だから。でも自分にできることをしたかったのは確か。そして、私のちっぽけな失恋なんてすっかり消えてしまうような、重く悲しい人生をいくつかかいま見たことも、確かだった。」

私は言った。

「あれから、俊介さんからは連絡がないの？」

幸子は言った。

幸子の白い肌に後れ毛が揺れる。なんでこの人はまるで母のように私を和ませるのだろう？　私はその答えをとうに知っていた。それは幸子が決して私を裁かないからだ。彼女はだれのことも裁かない人だった。

「うん、一切ない。でも、はじめていっしょにいる彼らを見かけた。とても幸せそうだったよ。胸が痛くて死にそうになった。なによって思った。あっという間に取り替えがきくなんて、なんてことだろうって。」

　私は言った。

「相手が変われば、つきあい方だって変わってほしい。同じ場所で同じように買い物して、ごはん作って。毎週末私としてたことをただするだけなんて。」

「少なくともさ、あなたと違ってその女性は、ほんとうに普通の人なんじゃない？　きちんと生活をしていっしょに寝て、なんのかげりもなくって。ちゃんと結婚を目指していて。」

　幸子が言った。

「うん、そうだと思う。私はなんだかいろいろはみ出しているの。」

　私は笑った。

「それってとっても大きいことよ。だってあなたのようすを見ていたら、仕事も楽しそうだし、おばさまとの暮らしに関しても、客観的に見たら結婚願望がなさそうだもの。」

　幸子は真顔で言った。

「こんなことになるなら、私の変なところや過去の話も俊介さんにみんなすればよかったなあ。ところどころしか言えなかったから……。」

　私は言った。

「相手の体が弱いのもあって、重い話をすることをつい遠慮しちゃって。思いやりすぎて、ばかみたい。」

　淋しい風みたいなものが、ふっと抜けていった。取り返しがつかないことってあるものだ。もうこの手の中にない。ついこの間まであたりまえにあったものが。だいじにしすぎて温めすぎて、壊してしまった。とても悲しいが、もう手元にない。はるか下に落ちていってしまい、もう見えないほど遠い。残り香だけが風に乗ってたまにやってくる。

「花ちゃんがそんなにも優しい女の人だってことを、彼はどうしてもわからなかったのよ。でも、わかんないよ。急に気づいて戻ってくるかもよ。」

　幸子は言った。

「幸子はいつもそう言うね。慰めてくれてるの？」

　私は言った。

「そんなふうに思える、微笑めるあなたが優しいんだよ。ほんとうに。私、いつも花ちゃんを見てると心が和むんだ。だれにも言わないで、ちゃんと自分の内面といつもまっすぐお話ししてる。こんな優しい人いるんだって思う。人をいやな気持ちにしないように、明るくいられるようにいつも笑っているけれど、その中にみじめさも媚(こ)びもなんにもなくって、ほんとうに人に幸せな時間をあげたいって花ちゃんは思っているでしょ。そういうところをほんとうに尊敬する。」

そういう幸子の瞳の中に、実際の私よりもずっとすばらしい私が優しく映っていた。ただいるだけの、なんの役にもたたない私なのに、彼女のおかげでふんわりとした光に包まれた。

「ありがとう。」

私は言った。

「そう言ってくれるのは、幸子だけだよ。あなたも妖精のようなものね。人を助けるひきこもりの妖精。」

幸子の部屋は幸子と同じようにただ私を包んでくれた。私を排除しないし、急にいなくならない。ここに来たら、いつだって幸子がいる。たまに幸子の占いやコンピューターおたくの友だちでごったがえしているが、みんな同じトーンでいるので全然気にならない。

こんな場所がたくさんあったら、この世は平和になるとさえ思った。

「幸子、私、やっぱり船橋に越してきてほんとうによかった。だって、ここにいなかったら幸子に会えなかったでしょう？　奈美おばさんとだってほんとうには家族になれなかっただろうし、梨の妖精のこともこんなに豊かに切実にではなくって、どこか遠くのことみたいに冷めて見ていたかもしれないし……不満を持ちながら新しい家族と暮らしたら、きっと幸せではあっただろうけれど、人生に悔いを残して死んだ心優しい女の子の気持ちがほんとうの意味でわかることだって、なかったと思う。私はたくさん考えて、淋しい夜を過ごして、だから見えてくるようになったものがたくさんある。ここには、目に見えないものを見ることができる時間の余裕があるの。

ふりかえることや味わうことは人にとって、たとえ苦しくても、想像をすることと同じくらいに大切な宝じゃなくって？」

私は言った。

幸子はうなずいた。そして言った。

「私は家からあまり出ないし、出るときはたいてい両親の車かタクシーだけれど、ゆっくりと時間が流れているこの街が好きだよ。海の匂いがする風も、駅前のにぎわいも、仲通りに夕方明かりが灯りだす雰囲気も大好き。ららぽーとの外の道の港っぽさも好き。あと、玉川旅館って知ってる？　古くて大きな旅館でね。今は高校生が合宿したりしているし、海もすっかり埋め立てられてしまっているけれど、当時は太宰治が泊まっていたっていう古い窓ガラスがきれいな部屋の前は海で、小さな船が停まる船着き場があったんだって。それを若き日の太宰治は毎日あのかっこいい顔で眺めていたんだよね……。そういうこと考えるとうっとりしちゃう。私、花ちゃんがいつもおみやげに買ってきてくれるふわふわの船橋あんぱんや大きな梨も大好き。そして、初めて会ったあのすばらしいロスコの部屋もそう遠くない。みんな忘れられない。思い出が増えていくね。」

「そしていつか、みんな等しくこの世から旅立ち、骨になってしまうんだ。」

　私は言った。

「だからこそ、今日一日がその人にとって最高に楽しくあるべきなんだよ。」

　幸子は言った。そしてきっぱりとした目をして続けた。

「同じ天井を見つめながら、梨の妖精に慰められて、淋しい想いをかみしめた仲間っていうのは、そうとうなことよ。他のだれにも入れない世界にいっしょにいたっていうことになるから。そしてきっと日本中にそういう子が……いや、大人だっているかもしれない。みんなひとりの時間の中で、なにかしらの妖精に出会って、なにかを感じていると思う。

　私は梨の妖精にはたまたま担当してもらってないけど、おばあちゃんに買ってもらった芸術的な人へのエッセリーニっていうお人形がいつもＭａｃの横に置いてあって、腐りそうな気持ちのときにはぎゅっと抱きしめたりする。あと、小さい頃パパに買ってもらった小さな金色のキティちゃんも。

梨の妖精はすごく面白いから、敏感な人たちやまっすぐ生きにくいこの時代がつらいと感じる人は、どんなにあの笑顔に心慰められただろうと思う。そしてあのパンクな生き方に笑いながらも元気をもらってると思う。亡くなった花子さんだって、毎日毎日、そう思っていたんだろうね。だれだって、悲しい夜に寝ころんで泣きながら天井を見上げるときは、ほんとうにひとりぼっち。横に梨の妖精がいてよかった……。彼女にとって悔いの残る死が花ちゃんの家にあったなら、とても切ないです。」

私はその温かい言葉を聞いて、確かに幸せだった。蜂蜜をなめるように、幸せを味わっていた。

担当してもらってない、という言い方をして「好きではない」とは言わない、そんな幸子の上品さを尊敬した。

こんな状況であっても今日も船橋の夜は変わりなく更けていく。時間は流れていくのだ。

夢の中ではいっしょに遊んでいたのに、私は生きていて、花子さんはもういない。こんなにふたりの道は違ってしまっていた。だからせめてこの幸せの光を花子さんに捧げたかった。花束のように、いつか生まれ変わったらたくさんの幸せを持てるように。

数日後、松本さんに家の近所の道で呼び止められた。海老川のほとりの、アロエがみっちり生えていてそのとげとげが青空にきれいに映えているあたりだった。

「あの、花さん。」

外で会う松本さんは少し小さく見えた。

うちのお父さんは決して小さく見えない人だった。いつもいい服を着て堂々としていた。そして、人から見て大きく見えるかどうかをいつも気にしていた。どちらがどうというのではなく、生き方の違いが男の人は特にそんなところで出る気がする。

「あ、松本さん。」

私は言った。古い知り合いのように。

実際、すでにそういう気持ちだった。一回でもいっしょに晩ご飯を食べたからかもしれないし、あの夜、いっしょにご飯を食べてから桐の木から形見を取り出すまでの過程がまるで夢の中みたいにふわふわ現実離れしていたので、そしてあまりにも自然だったので、今となっては現実のなにもかもがどんなに突飛(とっぴ)でも普通のことに思えていた。

「先日はありがとうございました。」

松本さんは言った。よけいなことは言わない、そういう決心が顔に満ちていた。なにかを失ったら、それを別のもので埋めようとせず、ないなりに生きていく、その生き方の姿勢には私をはっとさせるものがあった。

私の人生、なんてよけいなことばかりがたくさんあったんだろうか。

もちろん本に関しては別だ。

私にとって本に囲まれていることは聖堂にいるようなものだった。本の神様の修道女として生きていて、布教にも余念がない、それが私の人生だった。

それから母とその家族への愛情もほんとうだった。奈美おばさんとの暮らしの秩序も確かなものだ。幸子との出会いもほんものだったし、花子さんとの交流も大切なものだった。そして俊介さんに好かれて、私も好きになった。それもほんとうのことだった。

しかし、自分自身に関してはあいまいすぎた。

人生設計や、結婚や、将来については、ずっと人任せだった。

「僕は花子の魂と共に生きているし、これからもそう。それだけだと思います。」

松本さんはきっぱりと言った。

なにをどう捉えていいのかわからないが、ここにはなんらかの答えがある。そう感じていた。

「もう亡くなった私のお母さんは別のところに住んでいたのですが、住むところが分かれるときに私に梨の妖精のぬいぐるみを買ってくれたんです。ただのプレゼントとかいっしょにいられない言い訳ではなくて、母の分身を置いていくくらいの気持ちがこもっていました。私はつらいときそのぬいぐるみといっしょに寝て、話しかけて、あの笑顔に救われてきました。

私……ますます頭がおかしいと思われてもいいんですけれど、梨の妖精はきっとほんとうにいるんだって信じてます。あの、中に入っている人だって、きっとあの姿になったとたんに梨の妖精が彼の中に入って、それで彼自身にはできないようなすごいことができるようになるんだと思います。ほら、腹話術の人形って、その人じゃないでしょう？　それから、チャネリングだとか、ああいうのと同じです。

だから、きっとこの世には、無条件で人を慰めてくれる存在が見えないところにいっぱいいるんだって、信じてるんです。天使だとか、妖精だとか、精霊だとか。

それでね、私はいつだって梨の妖精がいてくれたから、ひとりぼっちの子どもではなかったんですよ。だから、きっと、花子さんもひとりではなかったんです。妖精は、花子さんが殺されようとしていても、助けてはくれない。でも、寄り添ってはくれていたはずなんです。どんなときも。花子さんの信じる力によって。」

実際、前の失恋でほんとうに落ち込んだときも、奈美おばさんが残業でいない夜、家の中が静かすぎて一生ひとりぼっちなのではないかと思えたときも、ふっとTVを観ると梨の妖精が映っていたり、ぬいぐるみが寄り添ってくれたりして、不思議に思っていた。船橋に越してから、ずっと守られているような、そんな感じだった。

「そう、わかります。人にはそういうものが絶対に必要なんです。アンパンマンでもドラえもんでもふなっしーでも同じです。僕は、だから絵を描いているし、詩を書きます。たったひとりでもある孤独な夜をそれで救うことができるなら。あまりに微力すぎてたいていのときはうちひしがれていますが。」

松本さんは言った。私はうなずいた。

「ご理解いただけて、嬉しいです。花子さんもきっと、そう思うと思います。私たち、夢の中で、松本さんのおうちの絵を描いてずっと遊んでいたんです。もしよかったら、私のやっている書店に松本さんの本をどれか置いてもいいですか？」

私はインターネットで松本さんの詩画集について調べていた。熱狂的なファンがいることも、その淡い色彩のすばらしい絵も。南米の詩人のような彼の詩は難解だったが優れていると思ったし、私は好きだった。

「絶版ですよ。まあ、うちに在庫はたくさんあります。」

松本さんは笑った。

「一冊でもいいので、買わせてください。置かせていただきたいです。きっと花子さんは喜ぶと思います。事務的なことは明日お店からご連絡します。」

私も笑顔で言った。

「そうだ、花子の描いたあの絵、家の絵をもらってもらえますか？」

松本さんは笑った。

「そんな大切なものを……いいんですか？」

私は言った。

「僕には今、梨の妖精の人形がありますから。これからはあの人形を花子と思って話しかけます。花さんは夢の中でずっとあの絵を見ていたんでしょう？　だからぜひ。」

松本さんは言った。

「ありがとうございます。部屋に飾ります。」

私は言った。

「ちゃんときれいにして、今度持って行きます。」

松本さんは言った。

「私も書店にご著書を並べたらすぐお知らせします。」

私も言った。

彼は約束を守る人だった。

一週間後に管理人室を通ったら、管理人さんが「預かりものがあります。」と言って、包みを出してきた。

「松本さんという人からです。」

部屋に帰って開けてみると、私が夢の中で見た花子さんの絵が、素朴な木の額にきれいに収められていた。

絵はまるで生まれ変わったようで、涙をさそった。

私はベッドのわきにその絵を飾った。

夢の中で見たものが現実にここにあることを不思議に思ったけれど、もしかしたらなにもかもがそういうものなのかもしれない、と思った。心の中に描けないものはなかなか現実にやってこないように思う。

花子さんが現実にこの世にいたことを、会えなかったけれど忘れたくはない、そう感じていた。

額装された絵が翌日すぐに届けられたり、会いたいと電話がかかってきたりしていたら、私は松本さんをあやしくうとましく思っただろう。娘が死んだのになにごとだと悲しく思っただろう。

そして、額縁がプラスチックの安価なものだったら、少し淋しく思っただろう。

でも、その額縁は絵の中の桐や梨の妖精の色にぴったりと合うもので、重厚すぎず、軽すぎず、絵のことをよくわかっているセンスのある人が選んだものだということがすぐわかる。ちゃんと選んで、時間をかけて、そして私に気持ちの負担をかけないように届けてくれた。手紙はなく、よけいな伝言もなく。

松本さんが信頼できそうな人だということが、嬉しかった。

それから本を受けとったり店に置くやりとりをする中で、私と松本さんは顔見知りというより、友だちのようになった。

約束をして会ったりすることはなかったが、近所なので時々顔を合わせた。道でばったり会えばしばらく立ち話をしたり、ときにはお茶を飲んだりした。

あれからほんの少し、松本さんの顔は明るくなったように思えた。

そして私も松本さんに接するときには新しく生まれた自分でいるように思えた。

共に一回冥界に遊びに行き、なにかをくぐって帰ってきたような感じだった。

　恋愛感情はもちろん全く持っていなかった。あの日、オルフェウスのように花子さんの面影を追いかけていった彼の姿にうたれた私は、自分の人生をまず取り戻したかった。好きな本をまた吟味し、これからしていきたいことを、結婚相手に合わせずに自分で考える。いつか奈美おばさんが父と暮らしはじめたときに、東京なのか、船橋なのか、海外の書店なのか、とにかくどこにいたいか、そのためにはどのくらい貯金をしたらいいのかをちゃんと考える。そんなところから人生のリハビリをはじめていた。

　そういうところはとてもまじめな私は、まさに近所のおじさんとして松本さんに接していた。

　松本さんもそれがわかっていたので、気楽に接してくれたのだろう。

　彼がもう伴侶も持たず、ひとりで生きていくことを固く決心していることは、その全身から伝わってきた。だから私も彼に明るく接することができた。もう男性はいらない、正直そのくらいの気持ちでいたからだ。

「この人の本、案外動きがありますね。ネットで調べてみたら、カルト的な人気があるみたいです。」

かっちりとエプロンをしたバイトの遠藤さんがそう言いにきたので、店の奥のストック部屋にいた私は顔を上げた。遠藤さんは私立の女子大の国文科に通う二十歳の女の子で、髪の毛は金髪で化粧も濃いがまじめによく働く。ハードロックが好きなので、そういうジャンルの本が必要なときは彼女が担当していた。

松本さんの絵本がそこにあった。

『山にいたウィリアム』というタイトルからは想像もできないような、十代の人たち向けの詩とエッセイが混じったような絵本だった。

彼の家の庭によく似た、細かい色彩の小さな絵がたくさん描いてある。

「そう……でも絶版だからなあ。復刊リクエストを出してみるか。私著者と知り合いだから、もう少し在庫がないか聞いてみる。」

私は言った。

「ここで売っているという情報がネットで流れたら、すぐにお客さんが来ました。私もこの人の絵が好きです。」

遠藤さんは言った。

「すごくいい人なんだよ、これがまた。作品と同じ感じで。」

私は言った。

「まさか、店長の彼氏ですか？」

遠藤さんは言った。

「彼氏はいない、別れたばっかりだし。」

私は言った。

「前に言ってた、玉の輿の人と別れちゃったんですか？」

遠藤さんは言った。

「うん、そうなんだよね……玉の輿に乗る気まんまんで、店長の業務の引き継ぎマニュアルにまで着手していたのに、きっぱりふられてしまって。もうしばらくはこうして本に埋もれて暮らすよ。」

本が積まれたストック部屋の中でそう言ったら、ものすごいリアリティがあって自分でもびっくりしてしまった。

「店長には、本が好きな人が合います。」

なぜかきっぱりと遠藤さんは言った。

「別れた彼も本が好きではあったんだけれどね、本よりもおそばと長野を愛してたみたいで。」

私は笑った。

「じゃあ、予定していた長野フェアはやめて、あ、そうだ、お弁当フェアにしませんか？　今手作りお弁当の本がやたら売れるんです。」

遠藤さんは言った。妙に賢くて企画力があり、いろいろ提案してくる頼もしいアルバイトさんだった。

「……いいけど、私は大丈夫よ。バイトのみんなも長野よりはお弁当に興味があるのかな？」

私は言った。

「そう思います。今、みんなお弁当作ってきては、珈琲だけフグレンで買って緑道で食べてるんですよ。」

遠藤さんは言った。

「教えてくれてありがとう。水曜日のミーティングで話そう。」

私は言った。

「店長、元気出してくださいね。」

遠藤さんはドアをあけながら言った。その背中の向こうにはお客さんがぽつりぽつりといる美しい色彩の店内が見えた。小さなお店だけれど、色彩にあふれている。それは本の色彩だった。

「私は元気よ、毎日、ここに来て本の力を充電してる。」

私は言った。

ほんとうに魔法のように、たとえ読んでいなくてもいろいろな本が並んでいるだけで、その内容を思い出すだけで、私は少し元気になるのだ。

私と俊介さんの共通項は小さな商いのトップにいるということでもあった。

彼は会社の一部門を、私はこのお店を経営していた。だから経営の本を読んだり、そういう話をしたりして助け合っていた。

それでも、私は感じていた。

彼の中にはいつも、彼は大きな老舗(しにせ)のおそば屋さんの一部をになっているのであって、君のような、アパレルが節税と文化事業に関わって心証を良くするために出資して気まぐれに作った小さい書店なんかとは責任が違う、それが男の責任だ、というような気持ちがあった。

「これから僕はますます大変になっていく。やりがいはあるけれど、大変だ。健康でいなくては。」

というのが、将来の話をするときの彼の口ぐせだった。

どんなときにも腹八分目しか食べず、お酒はほとんど飲まず、毎朝体力作りのために散歩をしていた彼の、未来に対する執念はいつも私を素直に活気づけた。

彼はとても親切だったし、経理のことなどで私にわからないことがあれば実家のお父さんに聞いてまで教えてくれた。

一方、この店に彼が入ってくるときはいつも私に対する尊敬と愛情のこもった顔をしていた。限りなく優しい目で私のセレクトを見てくれたし、本のくくり方や並びに納得がいかないことがあれば、調べた上で正直に質問してくれた。

そのどちらも彼だということがわかっていたからこそ、私は彼を愛した。

その日々を思い出すと、まだ切なかった。

結局私はここで、本に埋もれて抜け出せなかったな、と思うと、本はみんな「そんなことはない、あなたが必要です」と言ってくれている、そんな気がした。梨の妖精がいるように、本の妖精たちがきっと私を慰めてくれているに違いない。そう思おう、と私は微笑んだ。

ミーティングをするとうんと若い人たち（私もまだまだ若いけれど）から、いろいろな意見が出る。みんな本を好きだったり、新しいものを読もうとしたりしていて、ここでアルバイトをするともともと本が好きな若者たちがいっそう本を好きになっていく。

そういう流れに触れているのが好きだった。

その夜、私は食材を買いに駅前の大きなスーパーに向かっていた。改札からちょうど松本さんが出てくるところが見えた。

「松本さん、今お帰りですか？」

私は声をかけた。

「おお、花ちゃん。どうしました？」

松本さんは言った。

「そこの地下のスーパーに行くところです。」

私は言った。

「あ、僕も買い物があるんです。よかったらいっしょに行きましょう。」

松本さんは言った。

そんなことができる顔見知りが近所に住んでいる、それはとても幸せなことだった。私はあれから毎日リビングに花を飾り、お香をたき、花子さんのこわかったり悔しかった気持ちを弔っていた。

人に殺される、そんな気持ちが私に理解できるはずがない。わかろうとさえ思わなかきた。

った。でも、そんなこわいことが私の家で起きた、そのことだけならかろうじて理解で

花の向こうにはリビングの窓から見える平和な景色、きっとそのときと変わらないはずだ。だからただ祈った。

そして毎日花子さんの絵を見て笑顔になった。

それしかできることがなかったけれど、わかったことにできることだけ報いていることが嬉しかった。

「松本さんの本、売れていますよ。もしまだお持ちなら、おあずかりしてもいいですか？」

私は言った。古書店ではないのであまり彼にとって得になることはないのだが、松本さんは嬉しそうだった。

「ありがとうございます。細々と本が売れているから、いつかまた出版できるといいです。知人の編集者から話はあるのですが、なかなか書きだめができず。」

松本さんは言った。

「今度はどういうテーマなんですか？」

私はたずねた。

「露骨にではなく、でも僕のようなことが起きた大人や、家族の悲しい問題に巻き込まれている子どもの力になれるような本にしたいですね。当時は、子どものことを書いているくせに、自分の子どもが殺されたといって、小さいながらいやな記事がたくさん出て、筆を折っていたんです。」

松本さんが言った。

「だから花子がいなくなってから、僕はなにも描いていないです。子どもたちに絵を描くのが悲しくてしかたがなくて、どうしてもできなかった。でも、少しずつはじめてみようと思います。まだ待っていてくれる人が少しでもいるうちは。」

「それは、すばらしい考えです。」

私は言った。

「花さんやお店の若い人たちが本を大事にしているようすを見て、まだこういう人たちがいるんだとびっくりしました。僕も多少なりとも本に関わっているからには、やめてはいけなかったんだ、と思いました。現代には合わない商いかもしれないですが、ああいったお店は人の心を豊かにします。他のことをしている企業が出資しているのもいいと思います。

小さくて豊かなものを失ったら、社会はどんどんしぼんでいきます。パリなんかでも、小さな店が個性を発揮しているからこそ、みんなさほど裕福でなくてもたとえ仕事がなくても、街の色彩が豊かなんでしょうからね。小さなお金で生きている人たちが不幸になるような街だと、ほんとうに社会がしぼんでしまうんだと思います。理想を語っているに過ぎないですが。」

　松本さんは言った。

「僕は、確かに悔いていますし、自分を責めています。でも罪悪感のせいで自分の人生をしぼませようとは思っていない。それはだれにとっても意味がないことだからです。この考えを持つまでにはたくさんの時間が必要でしたが。」

「花子さんも似たことを言っていました。」

　私は言った。

　比べるわけではない、しかし、俊介さんと話していると、いつか自分が本から離れるということを常に思い知って目の前が暗くなったものだが、松本さんと話していると全てが正しく手堅い感じがした。安心して自分だけの前にある細い道を一歩ずつ歩いて行こうと思えたし、それが楽しいことであると思えた。

　それが今の私にとってかなりいいリハビリになっているのは確かだった。

「大きなカートを手にしたということは、松本さんはなにか大物を買うんですか？」

こうこうと明るいスーパーの入り口で私は言った。

「うん、キャベツ。丸ごと。あと牛乳も二本。はじめにパン屋に行って食パン切ってもらってきます。」

松本さんはカートを押しながら言った。

「じゃあ、私、自分の分も買うので、魚と果物のところに寄った後牛乳取ってきます。銘柄はなんでもいいですか？」

私は言った。

「木次(きすき)の牛乳があればそれをお願いします。」

松本さんは言った。

「わかりました。」

私は言った。そして自分の買い物を一通り終えたあと、乳製品の売り場に行って、牛乳を取り出していた。

「花ちゃん。」

呼びかけられたので、松本さんかと思って笑顔で振り返ったら、そこにはなんと俊介さんが立っていた。

私の笑顔はすっかり凍りついて、なんの表情もない顔にだんだん変化していった。少し前なら彼はだれよりも私を笑顔にさせた存在なのに、そうなってしまったことがことさらに悲しく思えた。

私は彼の後ろを反射的に見たけれど彼はひとりだった。

私は思わず一歩後ずさってしまった。

俊介さんを見ただけで、あっという間に古い自分が立ち上がってきた。

被害者意識でいっぱいで、淋しがりやで、自分だけが特別でかわいそうだと思っていた自分だった。私は恥ずかしかった。俊介さんにも悪かったと思った。

そんないろんな気持ちが後ずさらせたのだった。

それを見た俊介さんの顔に、わずかな怒りと失望の表情が浮かんだことを私は見逃さず、懐かしくも思った。

繊細な彼の次々変わる表情に一喜一憂していた頃の自分を。

私はなんと多くの時間を彼がそれを求めていたわけでもないのに、彼の支配下で生きてしまったんだろう。彼は私に新しい風や生命の息吹を求めて好きになってくれたのに、私は全く逆に振れてしまい、彼が好きでなさそうなことまでいつのまにかしなくなっていた。好かれたいから合わせていたのだ。

「元気にしてる?」

俊介さんは言った。

「うん。早川さんとは？　うまく行ってる？」

私は言った。その名前を口にするだけで、今という魔法がとけてしまい、あのみじめな日々に戻ってしまいそうだった。

「うん。」

俊介さんは言った。

「幸せに暮らしてる？」

私は言った。

「まあね。」

俊介さんは言った。

まあね、なんて言わないでほしい、と私は生まれてはじめて彼に反発を覚えた。いつだって彼の言うことは思慮深くて、私よりもずっと美しいと感じていたのに。彼は私のことを人に言うときも、そんなふうだったのだろうか？

信じたくないけれど、そうだったのかもしれないと思った。

夢の中にいて見ないでいられたことがちゃんとわかってしまうということは、悲しいことだ。

「結婚するの？」

私は言った。

手の中の冷たい牛乳が早く立ち去りたいと告げているようだった。

「僕の体が弱いから、先方のご両親が反対していて……一人娘だし。」

俊介さんは言った。

「そう……でも、俊介さんの根気や根性をきっとわかってくれると思う。くじけないで、たくさん時間をかけてね。」

私は言った。

「うん。話せてよかった。」

俊介さんは言った。

そこに、明らかにこれみよがしに、わざとらしくカートをぐいぐい私に押しつけるように、松本さんがやってきた。

どうも私のようすからピンチを察してくれたらしく、心底ありがたかった。俊介さんの悩み事や弱いまなざしは少し前の私のいちばんの大好物で、この世でいちばんあらがえないものだった。

だからもうほんの一押しでなんでもしてあげたくなり、いつでも友だちとして相談に乗ってあげると言ってしまいそうだったからだ。

「どうしました、花ちゃん。牛乳ありました？」

松本さんは言った。

「うん、ありました。」

私はほっとして、牛乳をカートの中に入れた。

「直接持っていると重いし手が冷えますから、みんな入れてください。」

松本さんは言って、軽く俊介さんに会釈した。

俊介さんの傷ついたような顔を見て、申し訳ないが溜飲（りゅういん）がさがる思いだった。

生きているかぎり、同じ街にいて、こんなふうに出会う、毎日ひそかにそのことでとても気が重かったからだ。

蛍光灯の光の中で、みんな顔色が悪く見えた。

早くここから出たい、と私は思った。息苦しくなってきた。

「行こう。」

松本さんが言い、私は俊介さんの目をまっすぐ見た。私の鋭敏な鼻には俊介さんの家の懐かしい匂いがしてきた。振り切らなくては、と私は思った。

「じゃあね。また。」

私は言って、背を向けてレジに向かった。

俊介さんはかわいそうなんかではない、もう伴侶がいる。そう思って、私は振り向かなかった。

外に出たら、夜道はいっそう暗く思えた。私はほっとして大きなため息をついた。

松本さんは私の牛乳までいっしょに袋に入れて持ってくれた。

「花ちゃん、大丈夫？　顔色悪いですよ。」

松本さんは言った。

「あの人に会うと、自分が取るに足らない幽霊になった気がするんです。」

「ああ、そういう相性の人か。」

松本さんは目の前の宙を見ながらすっとそう言った。

その横顔が妙にきれいだったので、そしてその言葉が奇妙にまっすぐ胸に響いたので、私はそのまま松本さんを見ていた。まるで景色を見るように。俊介さんは私にとって守らなくてはいけない人間に見えるが、松本さんは歳がかなり上だからではなく、その性質からまるで景色のように自然に見える。

並んで黙って夜道を歩いているだけで、一歩一歩幽霊から生きた人間へと私は戻っていった。

「ところで、今日はなにを買ったんです？」

松本さんは言った。

「ええと、松本さんと同じ牛乳と、海老と……」

答えながら、私は声をつまらせてしまった。なんて優しい質問だろうと思ったのだ。

「海老と、りんごです。……な、なんでだか、私、海老とりんごって合うと思うんです。それでね、ええと……」

私の涙は止まらなかった。

俊介さんの姿を見たら、いろいろなことが急にこみあげてきて張りつめた気持ちがゆるみ、抑えていた気持ちがいっぺんに噴き出してきた。

松本さんは私が泣いているのを見ないようにして、うなずいた。

「海老をオリーブオイルで炒めて、りんごのソースであえるんです。義理の母はおいしいっていつも言ってくれます。だから、私は海老とりんごをいっしょに買うのがとても好きなんです。いつもたくさん買いすぎてしまいます。飽きたらカレー粉を入れてカレーにするんです。おいしいですよ。」

私は声をつまらせながら言った。奈美おばさんと囲んできたそのお皿の場面が次々浮かんできた。

そして俊介さんにその料理を作ってあげたたくさんの楽しかった夜のことも。

「考えたことないけど、いいですね。今度作ってみる。」

松本さんは言った。

「たくさん作ったら味見分くらいお持ちします。ポストに入れておきます。」

私はまだまだ鼻声でそう言った。

松本さんはうなずいた。

最近の私は泣きすぎだった。

人生でこんなに泣いたことはない。なにかを追いかけるように、そして同時にしぼりだして浄化するかのように、私は泣いていた。

ただ自分のためだけに泣いているのは、もしかしたらはじめてだったかもしれない。これまでは忙しすぎて、いつも周囲のことが気にかかったから。

私の涙はこれまでどこかに飛んでいってだれかを害しはしなかっただろうか？

どっちももう他の人といたのに、私が大きくなるまで待たなくてはいけなかった彼らを。逃げ出したものの、すぐなんとかしようと手をつくした私の父を。新しい娘を育てながら駒沢公園の木々の間でしょっちゅう私を思っていただろう母を。

せめて俊介さんを害することはよそう、だれにだってあることだ、他の人を好きになってしまうのは、しかたがない。幸せを祈るところまではむつかしいかもしれないが、うそでもそう思っていよう。それがきっと私をも救うだろう。

いっしょうけんめいにそう思いながら私は鼻をすすり、涙をふいて、歩いて行った。

横には私を助けてくれた松本さんが悲しい目をして立っていた。

「買い物につきあってくださり、ありがとうございます。」

私は言った。松本さんはどういたしまして、とだけ言った。

春も終わりの頃、その日は幸子の誕生日で、部屋で友だちが集まると聞いていた。弱っているのにたくさんの知らない人に会うのが少し面倒だなと思ったが、ぜひ寄って、と幸子が言うので、花と少しいい赤ワインと少し遠い駅の名物ケーキを買って、幸子の家に向かった。

二階からは大きな音で音楽がかかっているのが聞こえ、一階ではご両親が食事していた。二階のパーティのオードブルの残り物でワインを飲んでいるのよ、と幸子にそっくりな幸子のお母さんが招き入れてくれた。私はたくさん買ってきたケーキの小さいほうの箱をお母さんに渡して、二階へと上がっていった。

たくさんのキャンドルが灯り、低くダンスミュージックが鳴り響くそこには、ほんとうに変な組み合わせで十人くらいのいろんな人たちがいた。幸子の交友関係のわけのわからなさをよく表している。

「あ、花ちゃん、来てくれてありがとう。」

赤いドレスの幸子が言った。

「おめでとう、はいこれ。」

私はワインとケーキとお花を渡した。ちょうどよいことに、お花も赤ばかりだったので、彼女のドレスによく映えた。

「ありがとう。」

幸子は言った。

「すてきなドレスね。ロスコの絵のように深い色。」

私は言った。

「文化服装学院出身のデザイナーの卵のミキちゃんが作ってくれたんだ。」

幸子は言い、同じく赤いドレスを着たミキちゃんという人を指差した。

「こんばんは。」

幸子のドレスは少し動きが不自由な右手をちょうど覆い隠す長い丈だったけれど、彼女のドレスは袖なしの超ミニだった。きれいなメイクをしてつけまつげをしたミキちゃんは薄暗い照明の中でにっこりと笑った。

「花と申します。前にいちどここで会いましたよね？」

私は言った。

「うん、そのときは私すっぴんだったけれど、今日はちゃんとおしゃれしてきました。」

ミキちゃんは言った。

「今日はこのミニの下の見せていいペチコートが肝なの。赤のレースで作ったんだ。」

そしてスカートをめくって中のひらひらしたレースのペチコートを見せてくれた。

「すてきね。」

幸子からワインを受けとりながら、私はうなずいた。

「よしろうくんから、グッピーをもらったんだけど……。」

幸子は言って、金魚を入れるビニール袋の中に入っている数匹のグッピーを見せた。

「ちゃんとお水と酸素を与えないと死んじゃうんじゃ。」

私は言った。

「これだ、と思ったんだけどな。プレゼント。これしかないって。」

よしろうくんという人は見るからにオタクっぽくて、グレーのセーターに体に合わない微妙なサイズのデニムをはいて、ベルトをして、そのお腹は少し太っていて、めがねをかけて、地味な靴下をはいて、青いバックパックを持っていた。そして幸子の友だちだけあって賢そうだった。プログラムとかハッキングとかそういう単語の全てが似合いそうな青年だった。彼は続けた。

「これって、このままなんでもない水の中で生きてるものじゃなかったっけ。」

「それはベタじゃないの？　グッピーはだめだよ、そのままじゃ。」

私は言った。

「私、ここで生き物飼う気がないのに、むりよ。」

幸子は困った声で言った。

後の人たちは思い思いに座ったりおしゃべりしたりしていた。ミキちゃんも同じタイプのクラブ系おしゃれなかわいい子と内緒話をして盛り上がっているのが見えた。

「公園の池に放す？　みんなで、お誕生日の儀式として」

よしろうくんは言った。

「だから、公園の池じゃきっと死んじゃうって。」

幸子は言った。

「今、俺の友だちが車で来るっていうから、とりあえず水槽と酸素と餌とグッピー用の水を俺からのプレゼントに追加するから持ってこいって言っといたから。そうしたら熱帯魚の店で買ってくるって。」

よしろうくんは言った。

「すごい、よしろうくん、太っ腹。」

幸子が言った。

「たいしたものじゃないけど、生き物だけに責任感じるしね。」

「じゃあ、私、その水槽にちょっとカンパして、それをセッティングするところまでやっていくよ。ここに魚がいたら遊びに来るのも楽しいもの。」

私は言った。

「ついにここに生き物が来るのかあ。」

幸子は迷惑そうに言った。

「こういう奴って平気でこういうプレゼントをノリで持ってくるよね……。」

すると、よしろうくんはまるでほめられたかのように、にやりと笑った。

「今日はさっき、ミキさんにスカートの中を見せてもらえたし、この部屋の生き物なしルールを打ち破れたし、やっぱり顔を出してよかった。」

よしろうくんは言った。

これだけ違う種類の人たちがある程度平和にいっしょの部屋にいること自体が面白かった。それが幸子の力、だれにもない彼女だけの力だと思った。

そういう私の普通すぎる服装も、かなり浮いていたが、私は幸せな気持ちでオードブルのオリーブやカナッペやサーモンをつまみ、ワインを飲んだ。

ふと気づくと部屋のすみっこの、いつも私がもたれかかってくつろぐあたりに、おとなしそうな細長い女の子がいた。そろそろ定位置に行こうかなと思ったから、そこにいるその子が目についたのだ。

女の子と言っても二十代だとは思うが、幸子の家で会ったことのない子だった。つり目でまゆげが細く、派手な顔立ち。濃い色のデニムとフリンジのついたかわいい白シャツを着ていた。

目が合うとにこっとしてくれた。

だれだろう、と思っていたら、幸子がやってきた。

「花ちゃん、紹介するね。私の妹の由実。なぜか会ったことないんだよね、ふたりは。どちらもしょっちゅうここに来るのに。」

「え？　幸子は一人っ子でしょ？」

私は言った。

「処女じゃない疑惑の次は姉妹がいた疑惑なんて！」

私に血のつながっていない妹がいることを、その少しだけ複雑な、妹本人には決して見せない気持ちを何回彼女に話しただろう。でも幸子はいつもしんぼう強くただ聞いてくれた。幸子に妹がいるなんていうことは、一回も聞いたことがなかった。

「由実ちゃん、これは近所の花ちゃん。ほんとうにだいじな友だち。私の沈みそうな心をいつも明るくしてくれる魔法使いみたいな子です。」

幸子は私の質問には全くかまわず彼女に声をかけた。

その人は立ち上がって、私の近くにやってきた。

「はじめまして、由実です。」

はにかみながら言ったその声は高くて細かった。

「由実はねえ、私のお父さんの前の奥さんの子なの。」

幸子は言った。

「だって、だってどう考えても幸子よりも歳下じゃない、由実さん。」

私はびっくりして言った。

ふたりはただ顔を見合わせてにこにこしていた。

そのとき音楽がバラードに変わり、部屋の空気がふっと変わった。

混乱していた私の心もそれで落ち着いた。

なにを言えば失礼にあたらないのかいろいろ考えてみたけれど、今階下にいるご夫婦はどう考えてもずっとご夫婦だと思えた。お父さんがよそで作ってしまった子だというならわかるが、前の奥さんと言われたらわからなくなる。

「うちの両親って、パパが由実ちゃんのママと由実ちゃんを作っちゃったから一度離婚して、由実ちゃんが生まれて、でもパパと由実ちゃんのママは離婚して、それからパパはうちのママとまた結婚したんだ。」

幸子は言った。

「ええっ？」

私は仰天した。

「だから私は、小さいときしばらく母子家庭だった時期があるんだよ。この家で。パパが帰ってきたら狭くなったね、って私が言ったって、よくママが笑うんだけど。今はもう高級介護マンションにいるおじいちゃんとおばあちゃんはその頃この家に住んでいて、ママはお嬢様だし、ただパパが出ていって帰って来ただけだった。帰ってくると思ってたんだって言っててさ、ママはとにかく鷹揚なんだよね。」

「私のママは写真家で、強烈な奔放キャラクターで、今はアルゼンチンの芸術家と再婚してパリにいるんです。そして私は今、市川で一人暮らしをしてます。」

由実さんは笑顔で言った。

「うちにはほんとうにいろいろなことがあったんです。でも、私、お姉ちゃんができてよかった。」

「ね。」

幸子は笑った。

笑顔でうなずきあうふたりと、お姉ちゃんができてよかったという言葉の甘さが部屋に響き渡って、私はくらくらしてしまった。

「私たち、昔、ホテルのレストランでいきなりはじめて会ったんだよね。」

幸子は言った。

「うん、お姉ちゃんに会わせるってパパが言って、私はなんのことだかわからないでついていったんだけれど、そうしたらホテルのレストランにお姉ちゃんとお姉ちゃんのママがいた。それで私たち、パフェを食べたり、レストランの庭で遊んだりしたね。」

由実さんは言った。

「そうそう、そのときはもうパパと由実ちゃんのママが別れていて、うちのママとよりを戻そうとしていたときだったかも。」

　幸子は言った。

「私、ここに泊まりにくると、昔から、親たちがどういう状態にあろうと、いつもお姉ちゃんと手をつないで寝るんです。今は私のママが遠くに行ってしまったから、この家にお世話になることが多くて、ほんとうに不思議な感じです。」

　由実さんは言った。

　私はそのふたりの子どものままのような佇(たたず)まいに胸をうたれてしまい、ただ笑顔でいることしかできなかった。

　そしてまだ小さいふたりがホテルのレストランのガラス張りの庭でぎこちなく遊んでいるところを想像して、切ないような嬉しいような気持ちになった。

「みんないろいろあるんだね。私、幸子は事故で右手が少したいへんになったけれど、おおむねなにごともない家庭の、恵まれているひとり娘の令嬢なのかと思ってた。」

　私は言った。

「うん、でも、そうだよ。ちょっといろいろあったけど、ほんとうにそうなんだ。私はここに暮らせて好きなことができてとても恵まれているし自分の幸せをよく知っているから、感謝する気持ちが大人になってからもう止められないくらいにあふれてるのよね。

小さいときにたいへんなことがあったから、代わりに幸せをもらったんじゃないかというくらい、今は幸せ。

だからたまにお誕生日にこうやってみんなを呼んで、大好きな人たちをいっぺんに見て、幸せを確認してるの。そして何回も写真を見たり、こういう日の楽しさを思い出してにこにこするようにしている。ねずみ色の気持ちになるときもあるけど、そういうときはほら、よく考えてみたら日本とか地球とか宇宙全体のトーンが落ちてるときでしょ？ だから私の境遇のせいじゃない。そう思うようにしている。こういう能天気なところがきっと、私と花ちゃんの共通項なんじゃないかな。」

幸子は言った。

そうだよねお姉ちゃん、という顔で、そういう思いが素直に顔に全部出ている状態で由実さんはうなずいていた。

私は捨て子じゃなかったし、幸子はひとりっ子じゃなくて、世界の相は思っていたのとまたしてもまるっきり違っていた。

俊介さんと別れたショックで、それまで静かに止まっていた私の世界がまた動き始めた、そんな気がした。私の心はそんなに変化していなかったのに、周りの景色が演劇の舞台セットで建物が反転して別の世界が現れるみたいに、全然違うものになっていた。

落ち着いていられるのは、もしかしたら私は奥のほうではみんな知っていたからなのかもしれない。隠されていたことをみんな、私は自分の心の広く人とつながっている部分でわかっていたに違いない。

でなかったら、こんなに自分の心が変わらないはずがない。

そして世の中にはこの反対で、表向きにはなにごとも起きていないのに心の中は地獄、という人だってたくさんいる。

でもきっとどちらの人たちも、みんな知っているのだ、奥のほうでなんとなく。

きっと花子さんも、新しいお父さんに会ったときから、物語の結末があまりよくないほうに向かっているのがわかっていて、松本さんの元に急ごうとしたのではないだろうか。それが裏目に出てしまった。悪循環に加速がついてしまった。

私はそれを思うとやりきれなかった。

「なんだか来た人がばらばらで、収拾がつかないパーティになっちゃった。」

幸子は苦笑いを浮かべていた。

静かなバラードだった音楽は今度はクラシックに変わっていた。そのちょっと前まではアニメソングやR&Bが交互にかかっていてなんだか耳がおかしくなりそうだったから、部屋全体がほっとした雰囲気になった。

「せめてＤＪを呼ぶか、タイプ別に二日に分けるべきだったかな、でも私、そんなにたくさんは友だちがいないし。」

幸子は言った。

どんなにタイプが違ってもみんながそれぞれ幸子が大好きだということだけはよくわかった。そういう温かい雰囲気がその場に満ちていたからだ。

今年も幸子が生きていて、何回でも会えたことを嬉しく思う、そういう気持ちを、口に出さずに誰もが抱いていた。

「とにかく、おめでとう。妹さんに会えてよかった。今までなにも知らなくてごめんね。」

万感の思いを込めてただそう言うと、

「わざわざ言うことじゃないし、由実ちゃんを見てもらえたらいっぺんにみんな伝わると思ってたから。」

と言って、幸子は微笑んだ。

階下でチャイムがなり、どうも水槽や熱帯魚飼育セットが届いたようだ、そういう会話の声が聞こえてきた。

「私、魚が好きだから、グッピーの彼といっしょにセットするよ。」

私は言った。

「次に来たら、この部屋には動くものがいるのね。今は鉢植えひとつないのに。幸子、よかったね。この歳ではじめて体験することがさっそくできたじゃない。」

「わかんないよ、もしかしていやになって公園の池に放しちゃってるかも！」

ワイングラスを片手に幸子は言った。でも幸子はそんなことをしないと私は思っていた。ものごとはみんな少しずつ変わっていき、気づいたらもう戻れないようになっている。時は流れていて、いつのまにか全部が違う様子になっている。

やってきたのはいかにも運動ができそうなかっこいい男の人で、運送業を営んでいると自己紹介した。

小さいが重そうな水槽を軽々と棚の上に置いて、私とそのイケメンとよしろうくんという変な組み合わせで、説明書を読みながら、いっしょうけんめいにその小さな水槽をセットし、きれいな水を入れ、グッピーを放った。

きれいなライトの下でグッピーは色とりどりに輝いて泳ぎだし、それを見てみなが拍手をした。

その時間がまた私を、新しい境遇になじませてくれたように思う。

なにごともない人なんていないんだ、水槽につけたライトに青く照らされた幸子と妹のあまり似ていない顔を眺めながら、私は少し反省していた。

さっき下で会った、百年いっしょにいるかのように落ち着いていつもいっしょにいるご両親のようすも思い出した。私は仲が良いこの家を平和でいいなと勝手に思い込んでいた。自分と比べることはしなかったけれど、それはなんて傲慢なことだっただろう。

私はそんなことを考えながらひとり水槽の横にとどまり、赤ワインをソーダで割って飲んでいた。イケメンくんがビールの缶を片手にやってきた。

「いきなり知らない人の家に来て、知らない女の子と、生まれて初めて水槽をセットしたことを忘れないよ。なんか楽しかった。たまに運ぶんだけど、水槽って。ここまでやったことはない。魚が死ななくてよかったよな。」

イケメンくんは笑顔で言った。

「私も楽しかった。」

私は言った。なんだ、ちゃんと出会いはあるじゃない……。そう思いながら。

でも、そんなときにもどんどん浮かんでくるのは松本さんのためらいない手の動きと桐の木の画像、そして汚れたビニールの中の梨の妖精パペットの笑顔ばかりだった。重症だ、と私は思った。

恋とか愛とかいうよりも、あまりにもインパクトのある映像だったから、そのときを境に自分の中のなにかが根本的に変わってしまった、そんな感じだった。

「近所に住んでいるの？」

イケメンくんは言った。

「うん、そこのグランドフォレスト。」

私は言った。

「うわあ、悲しい事件があったところだ。」

イケメンくんは言った。

「なんで知ってるの？　私の家、まさにその部屋なんだよ。」

私は言った。

「そりゃあ、たいへんだったね。」

彼は言った。

「でも、最近知ったの。みんなはとっくに知っていることだったのね。」

私は言った。

「俺、運送業だから。特にそういう噂にはくわしいと思う。でも、君っていいね、なんか。」

彼は言った。

「どうして？」

私は言った。

「最近、女の子に家がどのへんかなんて聞くと、俺には彼女がいるしそんなつもりもないのに、やたらにはぐらかす奴ばっかりだからです。そんなに素直にどこに住んでいるかを言えるなんて、しかも楽しい話題でないのに隠さないところも、この人すごいなって思った。」

彼は言った。

「ありがとう。なんだか、少し自信の灯（ともしび）がともったよ。」

私は言った。ほんとうにそうだったのだ。

「そうだよ、男と女だって、まず人間関係からだよな。人としてだれかと知り合うのに、いろいろ考えて用心しなくちゃいけない、そんな世の中が俺には合わないんだ。運送業っていろんな人に会うけど、たいていは犯罪者を見るみたいな態度でドアを閉められる。もちろんそれは、これまでに世の中に悪い奴がいっぱいいたからで、俺のせいじゃないってわかってるけど、ほんの少しみじめになりそうになる。君の普通さは、俺をすごく元気にしたよ。」

彼は笑った。

私たちの顔を水槽のライトがほのかに照らしていたから、夢の中の人と会話しているみたいだった。彼は言った。

「俺はおやじの代から運送業だから、その亡くなった女の子を知ってるんだ。絵が好きなかわいい子だったって、おやじは言っていた。きっと君が住んで、その子も天国で喜んでるよ、そんな気がした。」

どうもそうみたい、とは言えず、私は微笑んでうなずいた。そして言った。

「私、ますます船橋が好きになってきたの、最近。だから、自分の部屋が事故物件だからって、ちっともしょげてないんだ。住んでいるあいだは、その人たちの分までだいじに住みたいなって思うの。」

「街って、その人だけの地図でできてるんだ。それぞれ違う。俺の地図はすごく現実的な地図で駐車場なんかが中心だけど、俺の彼女の地図は全部ケーキ屋とピザ屋とパン屋でできてる。きっともう君の中では君だけの船橋が地図になってる。」

彼は誇らしげにそう言った。

「たしかに私、アンデルセン公園とか行ったことがないところがたくさんあるわ。近くの木村梨園は義理の母とたまに梨を買いに行ったんだけれど。あの丈の低い梨畑が大好きでね……ほんと、同じ場所に住んでいても、見るものはそれぞれ全然違う。」

義理の母、と自然に言えた自分に驚いた。

花子さんと私は同じような境遇だったのに、ちょっとの違いで全く違う人生になった。その悲しい差を心の中で恥じることなく埋めていけたら……と思った。私をうらやんだり呪ったりするのではなく、励ますように夢にいてくれた花子さんはとても優しい子だったんだと思う。

私の船橋……その言葉ですぐにたくさん思い浮かぶいろいろな場面はみんなきらきらしていた。

私の家、幸子の家、俊介さんの家、松本さんの家。

ららぽーとやIKEAの休日のにぎわい。太宰治がツケをふみたおした薬局や書店や玉川旅館の由緒正しい看板。

駅前のからくり時計やデパート群。公設市場、細く長い海老川が海に出るまでの道、市場、梨園……もう止まらなかった。

まるで地図みたいに、ぽつぽつと、そして数えきれないほどのあらゆる場面が浮かんできた。

全員が笑顔でカウンターを囲んでいる一平の壁に貼られた華々しいメニューだとか、いつも行列ができている春雨の麺のお店のおいしいスープの味、今は思い出すと少し悲しい椿屋カフェのキラキラしたポットまで思い出した。思い出はかぎりなくとめどなく広がって、あたりまえの船橋を私だけの特別な点でつなぐ。星座のように心の地図の上で点はどんどんつながっていった。

「俺はいろんな事件を知ってるけど、そういう人たちがここで生きて死んでいったことを、地図にして覚えていようと思うよ。その女の子のことや、いつのまにか亡くなってその住所からいなくなってるお年寄りたちや。同じ街にずっと暮らしているってそういうことだろ。」

彼は言った。

私はイケメンくんの言葉にうなずいて、それからしみじみとグッピーを眺めた。

幸子の部屋に来るなんて運がいいグッピーだと私は思ったけれど、そんなこと意に介さずにグッピーたちは蛍光色に輝きながら水の中を自由に泳いでいた。

私たちの自由だって、水槽の中の自由に過ぎないのかもしれない。子どもだった私や花子さんが住むところを選べなかったように。しかしその中で無限の広がりを見つめることはできた。私たちは出会った。だれがなんと言ったって、私たちは友だちだった。

年齢も時空も超えていっしょに無心で過ごし、微笑み合った。

「あっちで一杯飲まない？　設置祝いに。」

イケメンくんはにこにこして言った。

うん、と立ち上がって、私は今の気持ちを楽しむことにした。私は自由、だれと知り合ってもいい。それだけのことだけど、今しかないこと。

俊介さんから連絡が来たのは、それからしばらくしたある夜の九時くらいだった。

全てがいつのまにか大きく変わって、私は気が抜けたような、切ないような、不思議な気持ちの中にいた。

宇宙の中に地球があって、その中に日本があって、千葉があって、船橋がある。そこにぽつんと自分はいて、急になにもかもが前とは違ってまっさらでぽかんとしている。そういう感じだった。

花子さんと話をしたこと……きっともう彼女の伝えたいことが伝わったから、夢の中で会うことはないのだろう。そう思うととても淋しかった。私もまた子ども時代から卒業したのだ。

私はこの期間たくさん泣いて……これまでの人生全部の分泣いて、胸の中の涙のタンクが空っぽになった。

幸子が由実さんと並んで微笑みあっているのも見た。私だけが複雑な家庭に育ったわけじゃないと恥ずかしくなったけれど、ふたりの笑顔はほんとうにかわいらしかった。

運送屋のイケメンくんと船橋について話し合ったりほめられたりしたけれど全く心が動かず、松本さんの汚れた腕のことばかり考えていた私。

その光景たちが私のなにかを変えた。

私は落ち着いた。あてどなくなにかを求めたり、自分に欠けているものがある気がしたり、そんな全てが幻だったように思えた。

だれかが死んで、だれかが偶然に生き抜いて。

そんな大きな模様のことを考えていたら、ただ生きていこうと、したいことをしていこうと、内側に残ったものはそれだけだった。

あきらめがついたのかもしれない。俊介さんがいたときに、彼がいる状態で人生を考えていたことだって、決して間違ってはいなかった。いなくなってしまったから、いないように考えはじめるしかなかった。淋しくてぽつんとしているなかで、空を見上げてそう思うしかなかった。いくら涙が出ても、もう彼の人生に私の場所はなかった。

それがもたらしたいろんなことを、消化しながら歩んでいくしかない。振り返ってもしかたがないのだ、と思えた。

きっと私は、俊介さんのことを経済的にも将来の居場所についても保護してくれるお父さんのように思っていたんだ。彼がいるから先のことも自分の気持ちも考えないでよかったから、それでごまかしてすませていたんだ。

そうつぶやいたら、リビングの椅子に座ってビールを飲んでいた奈美おばさんがぷっとふいた。

「聞いてたの？」

私が言うと、

「うん。」

と奈美おばさんは答えた。

あんな話をしたからって、お父さんに会ってとも言わないし、気持ちは整理できた？とも言わない。時が来たらいつだって会えるし、それに、あなたのどんなことでも受け入れるよ、とその姿は語っていた。

そんな奈美おばさんを、人によっては無責任と思うだろうし、汚らわしく思うのかもしれないし、私を育てたのも下心かと勘ぐるかもしれない。

一滴くらいは嫌悪の気持ちもあったけれど、それは自分の内側から出てくる気持ちではなく、心の隙間にたまっていた澱(おり)が浮かび上がってきただけだった。

これまで読んできたたくさんの本や、観てきたTVや、学校での会話や、そういうものに影響を受けてできた澱にすぎなかった。

私は必死だったがゆえにその外側で生きてきてしまったから、たまたま奈美おばさんの本質を直接ぐっと見ることができてよかった。

ガウンを着てだらしなくビールを飲んで、チーズを袋からいきなり食べている奈美おばさんのいつものようすを見ていたら、その一滴なんてあるかなきかくらいのわずかなものに思えた。どこか欲が入った汚い心で行動しているかどうか、私によく思われようとして話をしているかどうか、そんなところはまるでない。奈美おばさんは果てしなく潔かった。

「ねえ、奈美おばさん。ここでお父さんと暮らしたら？　私、もう大人だからここを出ることはできるのよ。俊介さんと別れたからって、ずっとここにいるっていうことはないから。」

私は言った。

「いやだあ、私、できるだけ長く花と暮らしたい。花が大好きだから。あの人はご存じの通り仕事が大好きで飛び回ってばかりいるし。そんな話って、将来彼がいっしょに暮らしたいって言い出したらだから、まだまだ先のことなのよ。お父さんはまだ若いんだもの。でも、花、ほんとうに怒っていない？」

奈美おばさんは言った。

「私、昔から花が怒って出ていくところを何回も思い描いてはひそかに泣いていたから、なかなか言えなくて。だから拍子抜けしてしまって。私やお父さんが憎くないの？」

「中学生くらいだったら、そう思ったかもしれないです。」

私は言った。

「でもね、こんなに長く奈美おばさんと暮らして、いやなところがひとつもなかったから。ふたりがだらしないつきあいでも形だけの結婚でもないことは、奈美おばさんの話しぶりから伝わってきていたから。」

「ずっと奥手だった私の初恋の人は花のお父さんだった。そして、あなたのお母さんが恋をしてひとりになった彼とつきあいはじめたのであって、奪ったわけではないので、なんの恥じるところもありません。事業に失敗したからって、後の人に迷惑をかけなかったことも尊敬している。そりゃあ、夜逃げっていうのはよくないことだけれど、後から戻ってきてまたこつこつ返しているからね。今となっては、なんで早く伝えなかったのだろう？　と思う。きっと私、なによりもこわかったんだ、花がいなくなることが。」

奈美おばさんは言った。

「私はやりたいようにやってきただけです。私が離れるとき、ママも悲しんでいたし。ママを悲しませてしまった。」

私の目からはまだ涙がこぼれた。

「でも、そうしてあげたおかげで、お母さんは残りの少ない人生を全部新しい家族と新しい自分の生き方に捧げることができたんじゃない？　そうしたかったとは思わない。お母さんは花と暮らしたかったし、私が花を奪ったってはじめは少し憎く思っていたと思う。でも新しい家族のもとに屈託なく通った花が、全てを溶かした。その屈託のなさが、みんなを幸せにした。」

奈美おばさんは言った。

「ただバカなだけです。ほんとうにぼうっとしていました。今やっている書店は出資元の業績次第ですぐたたむことになってしまうかもしれないから、私はまた本に関係あるお仕事を探すしかない。一方、老舗のおそば屋さんは安定していた。ほんとうに彼を好きだったし、きっと幸せになれただろうと思う。私は慣れることができたと思う。だから今すごく不安です。」

私は言った。

「慣れなくてよかったんじゃない？　今、目の前に仕事があるんだから。それに、これからの時代はどうなっていくのかだれにもわからない。好きなことをしていたらお金はいりませんって、そういう愚かなことを若さにまかせて花は言っているわけじゃない。もう大人の女性で、今は仕事がある。結婚するにしてもそのことをほんの少しでも考慮してくれる家庭に嫁いだほうが幸せなんじゃないだろうか。なによりも、もうこうなってしまったんだから、くよくよしないでこれからの生活を一歩ずつ積み上げていくしかない。花にはそういう強さはあるはず。中学生で自立してひとりで勉強してここまできたんだから。」

まるで神様に言われているように、奈美おばさんの言葉が私の胸にきらきらした雫になってぽつんぽつんと降りそそいだ。胸の中の、涙でいっぱいになっていたけれど空になって所在なかった場所に、光る波紋が広がって、新しい光に満たされていった。

「ねえ、ふだんどんなところでふたりは会うんですか？　お父さんの家？」

私は聞いてみた。

「うん、そうだね。時間がないときはそう。外でご飯食べるだけだったり。そうだね、この間は安房小湊に行ったよ。」

奈美おばさんは淡々と答えた。

「どこ？　そこ。勝浦？」

私はたずねた。

「うん、まあ、そのへん。鴨川からも近い。鯛の浦に鯛を見に行ったんだ。彼が見たいっていうから、二十分ほど遊覧船に乗って。波はうんと静かで水が澄んでいてね、驚くほどの数の鯛が水面に出てきたよ。」

奈美おばさんは言った。

海の中にきらめく鯛を見ているふたりを私はなぜか鯛の視点から想像した。透明な水の向こう、こっちを見てにこにこしているふたりよ、どうかそのまま、幸せに。ただ、それだけが願い。


そんな会話をしてからしばらくして、俊介さんから電話があった。

私はきっぱりと俊介さんの電話番号を削除していたのだが、番号を見たら一目でわかってしまったので、あーあ、と思った。

恋の記憶は全然削除されていない。

むしろつらいことだけを全て忘れていて、今から晩ご飯ならいっしょに食べようか？

と普通に言ってしまいそうだった。

リビングでは奈美おばさんがぼんやりと前を見て、先輩から台湾みやげでもらったというパイナップルケーキを、紅茶といっしょにむしゃむしゃ食べていた。この無邪気な雰囲気を壊したくない、そう思ったので、自分の部屋に入ってから電話に出た。

やはり胸がドキドキした。楽しかった日々が戻ってきたような気持ちは抑えきれなかった。

「もしもし？」

私は言った。つきあいはじめた頃のような声で。

この初々しい気持ちを失ったからあんなことになったんだなと思いながら。もしかしたら早川さんはいずれにしても強敵だったかもしれない。でも、もしも私がこの気持ちをちゃんとふんわり大切に抱いていたら、ちゃんと発酵させて、ぬか床みたいに毎日心をこめてかきまわして育てていたら、たとえ負けても悔いは残らなかっただろう。

いろんな要因が重なって、私たちはいつのまにか退屈なふたりになっていたんだな……そんな気持ちを抱きながら、着替えた。デートのようでやはりうきうきして、似合う服を選んだことが悲しかった。ふとベッドの脇の絵を見た。花子さんの面影は私の心に寄り添っていた。そこが新しい点だった。私の新しい人生の風景だ。俊介さんといたときにはなかったものだ。不思議と心は明るかった。


「この間は、びっくりした。」

俊介さんは言った。

俊介さんは仲通りの飲み屋街が雑多でにぎやかすぎるからとあまり好きではない。ががやした市場の中のランチにも興味はない。

それは好きずきだからいいと思う。

ただ、俊介さんが楽しくないと悲しいので、私はいつも彼に合わせていた。むりしてではない。私のほうがキャパシティが広いし、毎日東京に出ているのでいろいろなお店に行ったり見ることもできたからだった。

「八十郎に行く？　いつも混んでいるけどお店の人たちがとても親切だから。」

私はつとめて明るく言った。あんまり深い話ができないさっとした雰囲気のほうが、どんな話であろうと傷が浅いと思ったのだ。

「うん、行ってみようか。」

俊介さんは微笑んだ。実際に生身で笑ったり声を発する俊介さんのようすを見ていると、まるで時間が戻ったみたいでやはりつらかった。

このままあの日のようにつきあい続けられそうな気がした。

「体調はどう?」

私は言った。

「うん、かなりいいよ。検査の結果も順調だった。」

俊介さんは言った。

「よかった、それが聞けなかったのが少し気がかりだったんだ。」

私は言った。

「花はなんでそんなに優しいんだ。僕は本当に恵まれていると思う。彼女もいつもそんなふうに僕の体を気にかけてくれるし、あんなひどい別れ方をしたのに、花もそうやって優しい言葉をかけてくれる。ほんとうに、ごめんなさい。そしてありがとう。」

俊介さんは歩きながら目を細めてそう言った。まるで神様を見上げているみたいなその神々しい表情が大好きだった。その瞳に映っている自分のこともほんの少し好きになれそうな気がしたからだ。

私も俊介さんもグラスの白ワインと生ハムを頼んだ。店の中はだんだん混んできて、いろいろな人のたてるざわめきで、私の心のざわめきもかき消された。もしも静かなところでこの俊介さんの美しいあごの線を見たら、きっとまた好きになってしまうだろうと思ったから、私はほっとした。

店内のうるささをものともせずに、俊介さんはひとくちワインを飲んで、はっきりとした声で言った。

「このあいだ、花が他の人と歩いているのを見て、不思議な気持ちになった。」

俊介さんは言った。

「不思議な気持ち？」

私は問い返した。

「僕はどこかで、花はまだ自分のものだと思っていたみたいだ。」

俊介さんは目を伏せて言った。

「私は、昔も今もだれのものでもないよ。だれだって、いつだって、だれのものでもない。子どもは親のものじゃないのと同じ。私はだれとつきあっていたって、だれかのものなんかじゃない。」

私は言った。

「もちろんわかってる。それでも、動揺した。そして、考え込んでしまった。今、早川さんとはしばらく会っていない。よく考えてみるから一ケ月だけひとりにしてくれと言った。それで、連絡をしたんだ。……僕たちは、もう一度やり直せないだろうか？」

俊介さんは私の目を見てそう言った。

私の頭の中で鐘が鳴った。それはなんてきれいな誇らしい音色だっただろう。

「そんな……もちろん嬉しいけれど、早川さんは？」

私は言った。

「彼女にはまだ言っていない。彼女はすばらしい人で、結婚を考えている……いや、いた。でも、どうしても花にひきつけられる自分の気持ちをどうすることもできない。嬉しいと、そう言ってくれたんだね、今。」

俊介さんは目をうるませて涙声になった。彼が泣くときはほんとうに悲しいときだけだ。そうでなかったら、必ずこらえる。こらえる力が人一倍ある人だった。

「いまさら、そんなこと……。じゃあ、私と結婚したいっていうことなの？」

私はたずねた。どうしてだろう、結婚するかもしれないと思っていたときにはどうしても聞けなかったその質問が、今は口からすらすら出てきた。

私は今の私のほうが好きだった。聞ける私のほうが。

「僕は、体が弱かったから、人一倍いろいろな人の気持ちが理解できると思う。そして、体の弱さのわりに背負っているものがいろいろある。今も実家の会社をこちらにいるおじさんといっしょにやっているけれど、おじもこちらの物件を処分して移ることになったのと、インターネットと流通のいっそうの発達により、一年以内にインターネット販売の会社も長野になるだろうと思う。そのときは僕も帰る。」

俊介さんはかみしめるように言った。

「その日が来ることは知っていたわ。」

私は答えた。彼は続けた。

「君の複雑な生い立ちも、豊かな感情も、人一倍読書家なところも、みんな愛している。そして僕には手助けが必要なんだ。そんなにも本を愛している君に、言いにくかった。小さな書店の店長としての自分を忘れて、インターネット上の自然食の店を手伝えるだろうか？　生産者たちと交流して、地元に根づいて……僕はそれも書店に負けないほどの創造性にあふれた仕事だと思っている。体ごと、丸ごと、来てくれるだろうか？」

「できるかしら？　ふなっしーと本を取ったら、私にはなにも残らないのに。」

私はそう言いながら思わず微笑んでしまった。母も天国でふきだした、そんな気がした。

「君のすばらしい趣味のいい店は、ほんとうに一部の人だけのためのものかもしれないが、しっかりとなにかを成し遂げている。その大きな力を貸してほしいんだ。

ただ、君は事業をやるには夢見がちすぎる気がする。お母さんの形見だということや、君のその豊かな心を支えてきたのが梨の妖精だっていうことは、痛いほどわかっているし、そういう君を愛おしいと思う。でも、あれはTVタレントだよ、グッズでたくさんもうけている、大金持ちのひとりの人間だ。そういうことを考えたら、そんなにも支えになるだろうか？」

彼は言った。

「あなたは藤子F先生や手塚治虫先生がお金をもらわずにグッズも作らずに霞を食べて生きてきたと思うの？」

私は怒っているわけではなかったから、冷静にそう告げた。

「格が違う。」

彼は言った。それは私にとって決定的な言葉だった。

私は諭すように言った。

「同じよ。彼らはある次元では全く等しいの。私たちには、夢が必要なの。こんな時代だから、可能性を見せてくれるものが必要なの。ふなっしーはね、きっと『作者の人』自身のことも支えているのよ。私たちがどこかにいると思ったら、それはほんとうにいるの。M78星雲にきっとウルトラマンがいるように。私たちを支えてくれる、時代の集合的無意識が生み出した生き物は、時代といっしょにほんとうに生きている。私はそういうことをしたいから、あの書店をやっているの。一生手放さないとは言わない。

でも、ふなっしーのぬいぐるみを抱きしめながら死んでいったかもしれない私や他の子どもたちのためにも、私は夢を創り続けたい。それが食品であっても同じことよ。ただ、とても悲しいことに、私はきっと本ほどにおそばを愛することはないような気がする。」

「怒った?」

彼はあわててそう言った。

「怒ってない。でも、理解してほしい。私の言いたいことは、みんながこのようなものにいてほしいと思って存在するものは、本の中の人たちと同じように、確かに命を持っているということ。」

私は言った。

「それは理解できるよ。ただ、僕にとっての力にはならないっていうだけだ。そういう人間がいることも受け入れてほしい。それから、いつか君が新しい生活を愛して、本や梨の妖精のように、長野やそばを愛してくれたら僕は嬉しいと思っている。」

俊介さんは言った。

「うん、でも今は確かに違う。私はあの日から俊介さんの恋人だった頃の私ですらない。これからも違うかもしれない。だってその私は未来にはありうるかもしれないけれど、私ではないもの。俊介さんが私の中になにを見てくれているのか、今の私にはよくわからないの。」

そう言った私の口調は少しきつかったかもしれない。でも、これまでにないくらいのほんとうに優しい気持ちだった。自分の胸の中に彼を見るたびに流れる優しいメロディ、その音色でそうっと彼を包んであげたい、そういう気持ち。

彼にそれは確かに伝わった。

つきあっていたどんな期間よりも優しい目で、彼は私を見つめた。そしてにこっと笑った。その笑顔のかわいらしさを、私は一生忘れないと思う。彼は、

「ありがとう。言いにくいことを言ってくれて。そして、いつも僕の思うよりも一段階上の世界をかいま見させてくれて。早川さんはすばらしい人だけれど、彼女といると、僕のこれまで生きてきてだれにも言えなかった孤独な部分が置き去りにされてしまう。君は、だれにも見せていない僕の心の淋しさを理解し癒してくれた。君の人生経験の豊かさは、そのまま君の豊かさだ。その力にどんなに甘え、支えられていたか。別れてからそう思った。」

そして続けた。

「たしかに、いつも君が持っている梨の妖精のものだとか、謎の多い美人のおばさんだとか、ちょっと変わった友人だとか、あまりにもアーティスティックな君の店の書籍のラインナップなどを見ていると、少しだけ不安になった。そもそも違う世界の人なんだということはわかっている。

うちは田舎の老舗で、うちの親や親戚は堅苦しくもないし頭が固い人たちでもないけれど、ちょっとひねったものや人の心の闇を映したアートは全く理解しない。大丈夫だろうか、といつも思ってはいた。」

「ひねられてて悪かったわねえ。」

私は笑って言った。彼は淡々と続けた。

「でも、だからこそ、違う風が僕の中に入ってくることがすばらしいことなんだということも、離れてみたらよくわかったんだ。痛いくらいわかった。その問題は僕の中でクリアされたんだ、きれいに。僕は花ちゃんが好きだ。いっしょにいたい。いっしょに人生を見ていきたい。それがいちばん大事なんだ。」

「そして、私にその気持ちの中に丸ごと飛び込んで一から人生をはじめてほしいということなのね？」

私は言った。

「そう、ほんとうに一から。住むところを変えて、立場も名字も変えて、仕事も変えて、いっしょに生きていくんだ。僕もここでの毎日から離れるし、早川さんとも別れる。僕も一からはじめる。迷ってない。」

彼は言った。

ああ、いっしょに生きられたらどんなにいいだろう。美しい山のふもとで、いろいろな姿を見せてくれる四季を眺めながら。

そう思った。できる気がした。みんながこういう瞬間に自分の積み重ねてきたものを抱きながら、次の世界へ旅だって行く。それはまっすぐな善い道だ。

「ちょうど、そう、ちょうど君がこの船橋に来て、おばさんと新しい生活をはじめたときのように。」

彼は言った。

「俊介さん、気持ちはありがたく思います。でも、少し待って、私、混乱しているの。」

私は言った。

どうしてだろう、涙が出るくらい彼が愛おしくて、今すぐ彼の家にいっしょに帰りたいくらいに嬉しくて、新しい人生はもともと私が予期していたものだったから再び道が開けたようなわくわく感もあった。

なのになぜか、あの日、母に同居を誘われたときと同じように、私の頭の中には大きな字で、

「NO」

という文字が浮かんでいた。

エイミー・ワインハウスがリハビリを拒む歌と同じくらいはっきりと、NO、NO、NOと。

自分でもわからなかった。体ごともう俊介さんに添っているのに、なぜ？　いくらだってがんばれるし、もっともっと好きになれるのに。

あの日、母と別れた夕方と同じ気持ちだった。

毎日の小さなこだわりや、執着している大好きなものや、これまでいいと思っていた生き方、そういうものなんて実はちっぽけなものだ。そのことを私は知っていた。一度全部切り替えた経験を持っているから。

だから、受け入れて切り替えてしまえば、びっくりするくらいに新しい世界が広がり、入っていけることもわかっていた。

問題はきっと私たちのなにかがアンバランスなこと……そして、私が俊介さんのいない世界の味を知ってしまったということだった。

はじめは淋しくて、心細くて、行き場がなくて、いつも泣いてばかりいて、地獄だと思った。

これまでは彼の力に守られて、彼を守ることで自分を守っていたのに、すっからかんになった私。へんな奈美おばさんとの暮らしや偏った仕事の中にどっぷりつかっている後ろめたさは、俊介さんと過ごすことで帳消しになった。

その支えがなくなって転んだ地獄の底で、私が泣きながら見たものたちは、思っていたよりもずっと生々しく、でもよくよく見たらかわいらしくて意外に美しくて……。

そして、私の頭にはくりかえしあの映像がまた現れていた。

ぬめぬめした木のほらに、シャツが汚れるのもかまわず突っ込まれた松本さんの腕の映像。

それから、あけびのつるで編んだかごを持っている早川さんの私を見つめる悲しそうな顔も。私に決めたのなら迷っていないはずなのに、まだ別れていない、ペンディングされている早川さんだ。

それらはどうしても私の頭から消えていかなかった。きっと俊介さんと行くことを決断しても、かなり長い間消えないだろうということだけはわかっていた。

八十郎の店内のざわめきも頂点に達していた。もうふたりともグラスが空だったのと外で待っている人がいたので、私たちはとりあえず店を出ることにした。そんなときもったいないと残りの生ハムをさらって食べてしまう私をきっとご実家の方たちは下品と思うんだろうな、と思いながら。きっと、ほんとうに世界が違うんだ。いつも奈美おばさんと生ハムを取りっこして笑うのが、私の人生。

私は、今から違う世界に行けるんだろうか、そう思った。成金だった父が作った家庭のようではなく、ほんとうに地に足がついた憧れの老舗の世界に。

真っ暗闇の裏道、そこは松本さんの家のすぐ近くだった。

あのときの私とはもう違った……花子さんと話して、松本さんに出会い、幸子の家庭の事情を知り、奈美おばさんが父と結婚していたことを知り……なんという違いだろうか。知ったこと、それは良きことだったのか？　私は自らに問うた。

その前の私……そんな死に方をしたとも知らず夢の中の女の子と無邪気に遊び、奈美おばさんに気をつかい、幸子は気楽なお嬢さまだと思い込み、俊介さんのお嫁さんになる日を夢見ていた、きれいな世界のつもりで、まるっきり目隠しをして歩いていたみたいな私。

あの頃よりつぎはぎででこぼこになったけれど、今の私も私だ、悲しくそう思った。

「どうしても、もう一度。」

私がぼうっとしていたら、俊介さんがふいに言った。

「こうしたかった。ただそれだけなんだ。それがいちばん生きているという感じのことなんだ。僕にとって、君は生きているもの全ての力の象徴だ。」

そして私を暗がりでぎゅっと抱きしめて、キスをした。彼の腕はたくましく、胸は温かく、唇は熱かった。触れ合うこの唇、この舌、私だってそうだ、どんなに恋しかったか。

いつまでも、そうしていたかった。

でも、人が通ったから、胸の激しい鼓動をそのままに私たちは離れた。

私は、俊介さんの手をぎゅっと握って、「ありがとう」と言って、夜道を走って角を曲がった。

とにかく離れないともう、体がくっついて離れなくなりそうだった。体がくっついていっているのに、なにを迷うことがあると、自分で自分に言いそうだった。

どうしてももう一度だけ、抱き合いたい。全部どうでもよくなって、彼の腕の中にいたい。身が切れるほどそう思っているのに、できなかった。

もうひとりの自分がはっきりとこう言っていたからだ。

「あてどなく花子さんを弔ってだれともつきあわずに生きてきた松本さんは、期限を切っていなかった。きっと一生、花子さんを弔う覚悟だろう。だからたまたま私が花子さんと通信できたことはギフトに過ぎなかった。でもそれはきっと、松本さんが本気で花子さんへの思いを貫いていたからこそ、様々な要因が重なってもたらされたものなのだろう。

でも……どうしても気になることに気づいてしまっていた。

さっき、俊介さんは確かに、早川さんと一ケ月だけ会わないと期限を切ったと言った。

それはつまり、私を好きだが、もし私とよりを戻せず結婚できるめどがたたなかったら、そして私がもし梨の妖精やへんてこりんな愛しい人たちと関係を切らなければ、早川さんと結婚することに決めるということだろう。確かに理にかなっているから、その方法は正しいだろう。責める必要はない。ずるいわけでもない。

……でも私は……期限を切らない、保険をかけていない感じのほうが、なんだか好きだ。理由はわからないし、理屈じゃない。その隙間にふいに訪れる風や光の景色がなにより好きなのだ」

その自分の声が耳にこだまして、頭がおかしくなりそうだった。

ふりかえったら、もう俊介さんはいなかった。

私は泣きながらそっちに戻っていったけれど、駅前に向かう人ごみの中に彼の背中は見えなかった。なんてことをしてしまったんだろう。私は泣きながらかがみこんでしまった。

松本さんの家が近かったが、泣きながら寄るわけにはいかない。

ひとしきり泣いた後、幸子に電話をかけた。だれかの声が聞きたくて、たまらなくなってしまったのだ。

「どうしたの？　そんな鼻声で。」

幸子は言った。

「今、電話しても大丈夫？」

私は言った。

「うん、大丈夫だけど、花ちゃん外にいるよね？　風の音がする。」

幸子が風と口にすると、ほんとうに外の風が命を帯びる。私は一瞬夜空を渡る風の音に耳を傾けた。この風はきっと、父のいる海辺の街や、母のいるきれいな場所にも吹いているのだろう。

そして言った。

「あのね、幸子の言うとおり、俊介さんが戻ってきたの。でも私、すぐに返事できなかったの、やっぱり。」

それだけ言ったら、言葉も涙ももう止まらなくなった。

「嬉しかったのに、私、なんで、なんであんなこと言っちゃったんだろう。もう戻れないかな、今から戻ったほうがいいの？　でも私、なんだかいやなの。あの日と同じ。あの日も同じ気持ちだった。ママを捨てた日。私の人生って、そうやってわがまま勝手にだれかを苦しませてばかりなのかな。苦しくて、なにも考えられない……。」

「ねえ、花ちゃん、私そこまで行くよ。あ、わかった、お寿司おごって。おかめ寿司でちょっとだけ、あのおいしいうにとか、食べさせて。それで、ちょっとお酒飲もう。それから考えたら？」

幸子は言った。私はびっくりして言った。

「え？　幸子が出てくる？」

私の涙はすっかり引っ込んだ。

「うん。行くよ。おかめ寿司で待ち合わせね。平日だからきっと予約なしでも入れるよ。

だめだったらちょっとにぎやかすぎるかもしれないけど、こみやか新助に行こう。」

幸子は別に精神的に病んでいるわけではないけれど、ほんとうにほとんど外に出なかった。タクシーで目的地に行ってそのままタクシーで帰ってくるか、親と車で旅行に行くくらいだ。近所のコンビニエンスストアにさえ行かない。外食なんて年に数えるほどだし、そういうときは必ず法事だったりして両親がからんでいる。おいしいところがあると誘っても家でやることがあるし外は緊張してしまうからと必ず断ってくるから、私もすっかり誘わなくなったし友だちもだれも誘わない。そんなふうに普通にさらっと出てくることなんて今までなかった。

「いいよ、出てこなくて。私が行くから。」

私は言った。

「いいからいいから、じゃあね。」

幸子は言った。

私はぽかんとしていた。でも、さっきまでの救いようがないみじめな、彼と元に戻れるなら自分なんてすぐ捨てます、土下座でもなんでもしますという気持ちが、ちょっと目をつぶったらあの頃のままの日々になんていうことないように戻れるからそれがいちばんいい、悲しさから逃れられる、街のあちこちを見ては彼の面影がこみあげて涙ぐむこともうしなくていいんだ！　という、自分でも信じられないくらいに強烈な衝動の気持ちが、少しだけ加速を止めた。

　私はそのままふらふらと駅の反対側に歩き、にぎやかな仲通りを泣きはらした目で抜けて、おかめ寿司に向かった。

　すでに幸子の名字で予約が取られていたので、ぼうっとしたままカウンターに座ってお茶を飲んでいた。

　幸子はまるでいつも外を普通に歩いている人みたいに、普通に友だちと待ち合わせるみたいに、笑顔でおかめ寿司のカウンターにやってきた。

　そして笑顔でお店のご主人に向かって、

「私たちあまりたくさん食べられないので、おまかせでおつまみ少しと最後に握りを三かんくらいお願いします。うには必ず入れてください。」

　と言った。

「花ちゃん、生ビール飲む？」

「うん。」

　私はうなずいた。涙はもう出てこなかった。屈辱に似た気持ちがなぜかそこにはあった。私よりも早川さんをいったん選んだくせにもう遅いよ、という気持ち。そしてもうひとつは今すぐにここを出て俊介さんに電話をかけたいというあらがいがたい気持ち。

私はまだそわそわとしていた。今電話して彼の家に走っていけたら。そうしたらきっとふたりは抱き合って、お互いを大好きな気持ちで満たされて、ハッピーエンディングになる。結婚前に迷わない人なんていないんだから、このできごともきっと子どもや孫が生まれる頃には笑い話になる。

船橋にもう来られないわけではない。父と奈美おばさんがいっしょに暮らしはじめたら、会いに来たっていい。幸子にだってまだまだ会えるし、本がこの世からなくなるわけではない。私の代わりの店長なんていくらだっている。ちょうどいいんだ、この頃合いで、ちょうどいい。わかってはいた。

じゃあ、なんでこんなに心が落ち着かないんだろう？

とにかく落ち着かなくちゃ、と思った。

心から優しい笑顔で生ビールを持ってきてくれたおかみさんに、私は微笑み返した。

この人は松本さんと花子さんの生涯に残る思い出を作った人なんだなあ、と私は優しい気持ちになった。生きてお寿司を食べることができる、それだけでいいじゃない、ともうひとりの私がやっと顔を出して言った気がした。

そうそう、こっちの私よ、よく戻ってきてくれた、私はこの私を頼りにしているのに、さっきから引っ込んでしまってちっとも出てきやしないんだもの、と私が思うと、もうひとりの私は頭をかきながら、だって俊介さんといると萎縮しちゃうんだもの、と言った。

そうか……萎縮した一生は、よくないかもしれないな……と私は思った。

いくらだって時間をかけて萎縮をほどくことはもちろんできる。でも、私の中のほんとうの私、小さな私、花子さんと遊んでいたような無邪気な私が、まだここにいたい、まだやることがいっぱいある……と私をまっすぐに見ていた。黒目がちの澄んだ瞳、まるで花子さんの瞳のようにきれいな目で、私自身が私を見つめていた。

「飲もう。」

幸子は笑って、左手でグラスを持った。

私もグラスを持ち上げ、乾杯をした。

こんなふうに外で幸子とご飯を食べるなんて、一生ないと思っていたから不思議だった。

その驚きと、幸子と外にいる新鮮さと、その前に俊介さんと一杯だけ飲んだワインと、激しい感情の動きと、新たなビールの力で、お酒があまり強くない私はすぐにほろ酔いになってしまった。

長年がんばってきた積み重ねがうまく働き、もしかしたら私は最終的には早川さんに勝てるのかもしれないと思ったら、ちょっとだけ勝利の美酒の味がした。

俊介さんの元へ戻りたくて戻りたくてしかたないけれど、なんだか悔しかったし、けちな私としてはなによりももったいなかった。せっかくあんなにきつい日々をなんとかここまで這ってきたのに、このところのいろいろな気づきがなかったことになってしまうなんて。

花子さんのこと、それから松本さんのこと、奈美おばさんの人生の真相。幸子が慰めてくれたこと、イケメンに出会ってほめられたこと、いつもよりもいっそうぐっと寄り添ってくれた母の形見の梨の妖精……今となっては一生の宝箱に入れておきたいようなキラキラしたことがこの弱っている期間にたくさんあったのだ。それはたいしたことではないのかもしれないが、私にとっては大きな力だった。

それでも、私にはまだ俊介さんとの関係から逃げ切れる気がしなかった。

このまま逃げてしまうにはまだ力が足りないのかもしれない。あと少しで逃げ切れたのに、今はどうしても戻りたい。あの日々がもしも戻ってくるのなら、つらかったことは全て忘れてしまいたい。

そのとき、まさに「力」という言葉を思い描いたとき、どこまでもダッシュで走って行く梨の妖精の姿が浮かんできた。どこまでもどこまでも走り続け、妥協なくジャンプをくり返し、新しいことにチャレンジしていく強い姿。そんなときの梨の妖精の命の塊みたいな力、あくまでポジティブで、挑戦的で、でもそれはお金や名声のためではない。今の時代にささくれた心を抱いた淋しいみんなのためと自分の命を燃やすため、来たものにはつい全力で取り組んでしまい、後先を考えないで奇跡を起こし続ける、そんなヒーローみたいな捨て身の姿。

梨の妖精は、やっぱり中の人だけの力で動いていない。空しい気持ちだった現代人がみんなで力を合わせて梨の妖精の奇跡を存在させているんだ、そう思った。

そしてそれにオーバーラップするみたいに、あのときの松本さんの不思議な形に曲げたひじや汚れた手やシャツの袖口までぐっしょり汚れたようすもまたよみがえってきた。

私は、恥ずかしかった。

これまでどんなことにも耐えてきたのに、なぜ私は今回に限って、あまりさっぱりしていないもやもやした道に自分を投げ出そうとしている？

まさに打算というものだ。将来が不安だからだ。

俊介さんは私のその不安をよく知っているから、こんな賭けに出たのだった。全部わかっていた。

じっと黙っている私に、幸子が言った。

「私、花ちゃんの思っていることが少しわかる気がする。もし、別れるとしたら、きついのは今晩一晩だけだよ、ほんとうにつらいのはきっと。ここまでがんばれたんだから、別れることはできると思う。

でも、もしかしたら花ちゃんはほんとうに彼といい家庭を作る決心がつくのかもしれない。そういう生き方だってある。彼だってほんとうに花ちゃんがいないと生きていけないのかも、彼にとっては愛することの最上級がその態度なんだと思う。決して責めてはいけないことだと。

明日起きてもし、静かに目を閉じて考えてみても彼を好きな、戻りたい気持ちのままだったら、元に戻ったらいいと思う。」

幸子は言った。

そういう幸子のピンクの頰がお店のカウンターに反射する光に映えていた。まるであの日の母のようにきれいな横顔だった。そんなすてきなものがそばに今、私を励ますためにだけ存在していても、私はまだ深く考えられずにさっきのキスのことを思っていた。懐かしい彼の熱い唇の感触がまだ残っていた。もう一度どうしても彼に触れたいと思っていた。それができたらなんでもいい、なにもいらない。そのことがふがいなかった。

「書店を続けること、お嫁に行くこと、どっちを選んでも私は花ちゃんを応援しているよ。長野に行ってしまったらもちろん淋しいけれど、そういうことを抜きに応援する。」

幸子は言った。とても優しい目をしていた。

耳の奥には、あの日、あわてて私に全てを訴えかけようとしていた花子さんの声が響いていた。

私の夢の中に根気よく存在した花子さんが最愛のお父さんに形見を渡せたことだって、不思議を超えて奇跡ではないか。私は確かにそれに立ちあったのだ。

奈美おばさん、幸子、松本さん、花子さん、梨の妖精……。くりかえし、くりかえし私の心を打つ人（果実？）たち。

なんのためにそんなことをする、なぜだれも助けてくれないのに、楽よりも苦が多いのに、何回でもトライするのか。なぜ強く優しくあろうとするのか。そして時にありえない奇跡を起こすのか。

それは、より大きなものを見たいからだ。そのためには自分なんてどうでもいい、その覚悟があるとき、人生は確かに奇跡に向かって動くのだ。

「私、戻らない。」

突然に口から言葉が出てきた。私は驚いた。

「明日携帯を変える。」

私は言った。

「なんて男前な。でも……もしそう決心したらもう決して振り返っちゃだめだよ。」

幸子は言った。私はうなずいた。

胸が裂けるみたいに痛くて熱くて、でも、私は目を閉じないでいた。

「もう、こうなっちゃったんだから、なかったと同じ。」

私は言った。

あの日と同じ私が、立ち上がってきた。親戚たちに母を捨てたと言われてもかまわなかったように、良縁を逃したと言われてもかまわない。

自分の生き方にこだわるとかなんとか、そういうかっこいいものでもなかった。

私の中の私が切々と訴えている未来の芽の声を聞いただけだった。

私は、条件つきなのがいやだった。

私にはわかっていた。彼の私に対する愛情はほんものだと。ちょっと早川さんによそ見してしまっただけだと。でも、もっとよくわかっていることもあった。

私のお別れメールを見た彼はしばらく悲しんだ後に早川さんに連絡を取り、あとはもうまっすぐに式の日取りまで決めていくだろう。悲しみを抱きながらも迷いなく。それが彼の生き方だった。

私は決して自分を高く見積もってはいない。でも、私は、私でないといやだという、幸子や奈美おばさんに囲まれている。何年かかってもあきらめずに夢に出てきてくれた花子さんや、何年かかっても花子さんを悼み続ける松本さんを知っている。

こうなんだからしかたない、と彼らの姿は常に能弁に語っていた。「なんのために」とか「どうなるために」がない人たちだった。

渦を巻く時代の海に飲み込まれて、溺れかけながらなんとか自分の場所を見つけている不器用な人たち。条件のない、どうしようもなくそうしてしまうものが、私は好きなのだった。

もしも何年待とうと私しかいないと俊介さんが決めたのなら、すでに早川さんと別れて会いに来たのなら、私は受け入れただろう。ちゃんと店の引き継ぎをして、おそばについてゆっくり勉強をして、みんなときちんと過ごして別れの挨拶をして、新しい人たちに心開いて、これからの暮らしに自分をなじませていったと思う。

すぐに子どもを産み、育て、インターネットの事業の勉強をして、おそば屋さんを継ぐ覚悟もしながら、たまにこの地元に遊びに来ながらも、人生を長野で歩んでいっただろう。

残念だった、ほんとうに惜しかった。

彼のぬくもりが体からやっと離れていって、すっかり気持ちが落ち着いた私にはもうはっきりとわかっていた。なぜ、自分がうなずけなかったのか。

うなずきたくて首の動きを抑えなくちゃいけないほどの強い衝動の中で、うなずけなかったのは、私が今の気楽で夢のような生活に執着していたからではない。

彼は確かに一ケ月と言い……その後ろには、もう俊介さんに心を決めた、早川さんが確かに待っているのが私には見えた。あけびのかごを持ったまま悲しい目で。私の一生からその映像は取り除くことはできない。だからなのだ。

それならしかたない、しかたないよと首を振って、私はもう一度熱く懐かしいキスの感触を振り払った。

さあ、明日はなにをしよう、そう思って顔をあげた私の頰に涙がつたったけれど、それはきっともう最後の涙になると、さっきより明るく見える店内の全てが物語っていた。お寿司屋さんのご主人もおかみさんもとてもいい顔で笑っている。常連さんたちは一日の仕事を終えてゆるんだ気持ちで楽しそうに笑い合っている。

「おごってなんて言ったけれど、うそだよ。今夜は私がおごるからさ。」

幸子は言った。私はうなずいて言った。

「ありがとう。次は私がごちそうする。また川村美術館に行こう。美術館のレストランでランチを食べよう。」

「いいね、数年に一回はロスコを見たいから。見るたびに気持ちが新たになるし、発見がある。佐倉が近くてほんとうによかった。そうだ、玉川旅館も今度見学申し込んでみようよ。元船着き場、ほんとうにいい感じなんだから。船橋はほんと、いいところばっかり。しばらくはここでやってこうよ。また違う道も開けてくるさ。」

幸子は私の肩に頭をくっつけてそう言い、明るく笑った。

真っ暗な私の新しい道を照らす太陽の光のように。

「俊介さん
もう一度、私を好きと言ってくれて、選んでくれて、ありがとう。ほんとうに嬉しくて、ぺちゃんこになっていた私の心はよみがえりました。ほんとうに、ありがとう。でも、私たちの道はあのときもう分かれたんだと思います。そして早川さんは俊介さんに心を決めていると思います。どうか、幸せな家庭を作ってください。いつもいつも、あなたの健康と幸せを祈っています。幸せな時間をありがとう。一生大切に思い出を持っています。　花」

メールを送信して、電源を切った。

明日携帯を買いに行こう。

しばらくは家の外に、店の中に、俊介さんが来てくれることを探してしまいそうだったけれど、もう彼は来ない。

彼には早川さんがいて、迷っていた。今となってははっきりとわかっていた。

そういう生き方もある、否定はしないでいたい。だからこそ、私を試した。

そして、私の頭の中から決して消えないあの桐の木の光景を思った。

私は梨の妖精ぬいぐるみをぎゅっと抱きしめてつぶやいた。

「もう、松本さんはだれともいっしょになる気はないと思う。恋人さえいらない状態なんだと思うし、あんなに一生懸命働いているのも、あまり絵を描かないのもきっと自分を罰しているんだと思う。だから、可能性はないかもしれないけれど、友だちにならなってくれると思う。友だちからはじめませんかと、いや、友だちになってもらえませんかと、そのうち……うん、一年後くらいにさ、言ってみてもいいかなあ。でも、自分にとって異性になるかもしれないと思ったら、わずらわしくてきっぱり線を引かれて断られる可能性も高いよね。」

梨の妖精ぬいぐるみはいつものように私を見上げてにっこりしていた。その姿はオレンジの寝袋に包まれて温かそうだった。母も今頃こんなふうに神様か仏様か、なにか美しくて光り輝く温かいものに包まれて微笑んでいるといいと切に願った。

うん、そうに違いない。ずっとけんめいに生きてみんなを愛そうと力をつくしてきた母はきっと今、とてもきれいなところにいるんだ。優しい風が吹いて、光に満ちあふれたところで、子どもみたいにすやすや眠っているんだ。

今夜は少しだけ肌寒かった。わずかにあいた窓から涼しい風が入ってきた。

夏に向かってまた町中がむっとする海の匂いになるのが待ち遠しい。きっと松本さんの家の桐も紫色の花を咲かせるのだろう。家の外からでいいから、それを見たい。そう思った。

私は生きていて、きっと明日も目が覚める。手も足もてきぱきと動くだろう。仕事場に行ったらかわいいスタッフたちが店長と声をかけてくれるだろう。肩が凝っていても、いくら掃除してもほこりが出てくるのにうんざりしても、本のリストを作るのに目が疲れても、とにかくエプロンをつけて、棚をみんな掃除して……帰りに大きな決心をした自分を甘やかすために、ちょっとだけ奮発してお店の近所のアダン食堂にひとりで寄って、なじみの料理人のせっちゃんの作る大好きな季節のおひたしと、ゆでたての蛸を静かに味わって食べよう。あるいはお店の近所のバーOmiyamaにちょっと寄って、スパイスのきいたハーフサイズのカレーを食べてママとおしゃべりして元気を出そう。どちらにしても、俊介さんのことはぐちらずに。そして新生活の一日目、まっすぐに私の場所、船橋に帰ってこよう。

きっと生きているということはそういうことの連なりだけでできている。そんなことをくりかえしていったら、いつのまにか私がたどり着いている場所が、私のいるべき場所。いつのまにかできている模様が私の人生という織物の模様。なにをどう目指すよりも確かなもの。

そういうことを、もう会えない花子さんを心に抱きながらやっていきたかった。

「きっと大丈夫なっしー。」

眠りに落ちる私の耳に、そんな声が聞こえた気がした。

文庫版あとがき

新聞連載時の担当の宇佐美貴子さん、ありがとうございました。一緒に歩いたりけんかしたり、仲直りしたり、お互い妥協せずにぶつかりました。すごくいい思い出です。

書籍担当の長い付きあいの斎藤順一くん、ありがとう。いっしょにシュールな旅館玉川に泊まった一夜の全然セクシーでない思い出、決して忘れられません！

ふなっしーさんに帯のお仕事の仲介をしてくださった日テレアックスオンの筒井梨絵さん（ふなっしーだけに梨絵さん！）ありがとうございます。おかげさまで夢が叶いました。

寒い日も暑い日も取材に同行、協力してくださったばなな事務所の井野愛実さん、山本美和さん、北島紀庫さん、ありがとうございました。

そしてすばらしいイラストを描いてくださった山西ゲンイチさん、ありがとうございます。まるで他の人の小説の連載のように、絵を毎回楽しみにしていました。装丁の大久保伸子さん、ありがとうございました。

そして船橋のみなさま、ありがとうございました。幸せな取材でした。

心の中でほんの少しの間でも船橋に住めたこと。

業界人のはしくれとしてふなっしーさんがどれだけたいへんなことをしているかを理解できる私が、そのことをしっかり書き残せたこと。

世界中の死んじゃった女の子にきっとそれぞれのふなっしーがいたこと。

世界中の本が好きな人が、頭でっかちで恋愛に苦労していること（笑）。

「よしもとばなな」ひらがな時代の最後に書いていた小説です。この時代にそんな全てを書き残すことができてほんとうによかったです。ここからまた名前を元に戻した記念的作品でもあります。

帯のギャランティを全て、交通遺児に寄付してくださいとためらいなくおっしゃったふなっしーさんのことを、一生大好きでいます。ふなっしー、ありがとうなっしー！

２０１８年　冬　吉本ばなな

ふなふな船橋（ふなばし）
朝日文庫

2018年3月30日　第1刷発行

著　者　吉本（よしもと）ばなな

発行者　友澤和子
発行所　朝日新聞出版
〒104-8011　東京都中央区築地5-3-2
電話　03-5541-8832（編集）
03-5540-7793（販売）
印刷製本　大日本印刷株式会社

ISBN978-4-02-264875-4